Melanie Gerhardt

Hausarrest, die letzten 27 Tage

Ein kleines Landhotel, eine weltweite Pandemie

www.tredition.de

© 2020 Melanie Gerhardt

Verlag & Druck: tredition GmbH, Halenreie 40-44, 22359 Hamburg

ISBN
Paperback: 978-3-347-08380-6
Hardcover: 978-3-347-08381-3
e-Book: 978-3-347-08382-0

Hausarrest, die letzten 27 Tage

Liebe Leserinnen und lieber Leser,

dieses ist der zweite Teil, der Geschichte von dem kleinen Landhotel Finca San Juan, wie es sich durch die Korona- Krise bis zu den ersten Gästen durchgekämpft hat.

Wie es mit Höhen und Tiefen, sowie mit den Menschen, hier auf Teneriffa, eine schwere aber auch unvergessene Zeit erlebt hat.

Auch in diesem Buch möchte ich bitten, über eventuelle Rechtschreibung und Grammatikfehler hin weg zu sehen, da ich keine professionelle Autorin bin.

Sowie das erste Buch „Hausarrest, die ersten 30 Tage" soll dieses Buch, uns sowie unseren Mitarbeitern und ihren Familien helfen, wieder in eine schöne und finanzielle sichere Zukunft zu schauen.

Ich DANKE allen, die mit dem Kauf der Bücher, uns so unterstützen und hoffe das Ihr es zu end liest und es Euch gepfählt.

Eure Melanie Gerhardt

Dienstag 14.04.2020 Tag 31

So der erste Band war fertig und ich schickte ihn zum Verlag. Nun heißt es abwarten. Das ist ja etwas, was ich überhaupt nicht gut kann „abwarten". Am liebsten hätte ich das Buch schon in der Hand und könnte sehen, wie es angenommen wird. Aber so einfach ist es nun mal leider nicht. So beschäftigte ich mich wieder mit den neusten Meldungen. Immer mehr wurde davon berichtet, dass wir noch eine Verlängerung, bis zum 10.05.2020, bekommen. Doch wurde auch darüber gesprochen, ob nicht auf den Kanaren schon langsam eine Lockerung eingeleitet werden sollte. Das wäre schön, aber auch mein gesunder Menschenverstand saget, erst einmal sehen, wie es mit den zurzeit positiven Zahlen der gesundeten Menschen, weiter geht. Es wäre ja nicht auszudenken, wenn wir noch einmal von vorne anfangen müssten, nur weil wir zu früh wieder ins alte Leben zurückgekehrt sind. Nach nun 30 Tagen

Hausarrest ist weder bei unseren Mitarbeitern, ihren Familien, unseren Gästen noch bei uns jemand erkrankt. Das ist trotz alle dem das Wichtigste für uns und der Grund, warum wir hier alles weiter pflegen, als wäre es ein ganz normaler Tag. Auch wenn es Stunden und Tage gibt, wo ich oder Jochen fast die Hoffnung verlieren, einer von uns ist dann stark und baut den anderen auf. Wir werden hier bis zu Letzt kämpfen, denn es ist unsere Arbeit, unser Zuhause der Arbeitsplatz unserer Mitarbeiter.

30 Tage Hausarrest ist schon eine sehr lange Zeit und es ist noch lange nicht zu ende. Nun bekam man auch schon mehr die ICH Menschen zu spüren, denn nur noch jammern, war ihnen nicht genug. Nun meinten sie auch noch persönlich und gemein zu werden. So wurde mir an den Kopf geschmissen „du musst doch für so etwas genügen Rücklagen haben" oder „wer so ein Hotel hat, hat doch genügend Geld" bis hin, dass man Geschichten erzählte die von der

Wahrheit ganz weit weg sind. Doch so etwas hatte ich schon alles schon mal durch gemacht, damals vor vier Jahren wie ich das Hotel übernommen habe. Von daher war es erstaunlich, dass diese Menschen nun vier Wochen brauchten, um mal wieder nur Mist zu erzählen. Doch so etwas wird mich auch jetzt und in Zukunft nicht runterziehen oder mir die Kraft nehmen weiter zu machen. Ganz tief in meinem Herzen, weiß ich, diese Menschen werden irgendwann ihre Strafe bekommen. Nur wer Gutes tut, bekommt Gutes zurück.

Nach diesen nicht so tollen Gedanken ging es ab in den Garten. Unsere Pflanzen brauchten nun mal wieder Wasser und mussten auch noch den letzten Schnitt bekommen. Ja der Frühling ist nun da, den interessiert ein Korona Virus nicht, somit auch einiges an Arbeit. Normalerweise hatten wir sonst nicht so viel damit zu tun, da wir ja einen Gärtner haben und wir auch genug andere Sachen um die Ohren haben. Doch nun sind wir alleine und so müssen wir uns um den Garten kümmern. Das viel uns aber gar nicht schwer, denn wir beide haben daran sehr viel Spaß. Wir freuten uns, dass unsere Bäume am Blühen sind und das unsere Feigenbäume schon kleine Früchte hat. Hoffentlich gibt es ganz viele, dann können wir wieder leckere Marmelade kochen. Letztes Jahr haben wir zum ersten Mal davon Marmelade gekocht und wir konnten gar nicht so schnell nachkochen, wie wir sie verkauft haben.

Die Natur gab uns jetzt viel Mut, denn sie zeigte uns, es geht immer weiter, auch wenn sich manches ändert.

Diese ÄNDERN war auch das Gesprächsthema am Abend zwischen Jochen und mir. Wie würde man sich in der Zukunft begrüßen, wenn man sich nicht mehr die Hand geben darf? Nur von weiten winken? Mit dem Elenbogen sich berühren? Oder mit den Füßen? Oh berühren mit den Füßen! Das war mal wieder der Anstoß für so die eine und andere lustige Geschichte aus unserer Jugend. Wer kennt das noch, so unter dem Tisch mit einem Jungen oder Mädchen sich mit den Füssen berühren, weil man sich möchte? Ja wir konnten uns noch dran erinnern und was man für einen roten Kopf bekommen hat, wenn man dabei erwischt worden ist. Dabei viel mir der Satz „im Alter entwickelt man sich zurück und alles kommt wieder" ein. Doch so alt sind wir doch noch nicht, oder? Nun werden wir sehen, ob dieser Satz nun überholt ist und wir uns in Zukunft mit den Füßen ganz offiziell begrüßen, egal wie alt wir sind.

Mittwoch 15.04.2020 Tag 32

An diesem Tag war es kalt und die Sonne wollte nicht so richtig rauskommen. Es hatte auch ein wenig geregnet, doch für die Natur etwas zu wenig. Sollte das nun so ein trüber Tag werden, wo man nur traurige Gedanken hat? Nein so sollte es bei uns nicht sein. Nach einem guten Frühstück, was wir immer noch sehr als Luxus ansahen, stürzten wir uns in den Tag. Jochen nahm sich einen Holztisch von unserer Terrasse vor. Der brauchte schon etwas länger, neue Farbe und Lack. Aber wie es so im Alltag ist, hatten wir nie Zeit dafür. Nun war Zeit für so etwas und wir wollten diese Zeit für sinnvolle Dinge nutzen. So wurde kurz, wo sonst unsere Wäsche zum Trocknen hängt, eine kleine Werkstatt errichtet. Ich brauchte diesen Platz leider nicht, hatte schon alles gewaschen, was noch vom Hotel zu waschen war. So machten Jochen mit seinem Schleifer und unser Nachbar mit seinem Freischneider richtig krach. War schon lustig, wenn einem sonst solche Geräusche fürchterlich auf die Nerven geht, war es jetzt wie Musik. Nach dem Motto „die Finca lebt".

In dem Mail Fach der Finca gab es auch etwas Interessantes. Unsere Bank hatte uns geschrieben, kaum für möglich zu halten, da sie seit Anfang der Krise nicht mehr so wirklich auf meine Anfragen geantwortet hatte. Sie schrieb, dass man nun prüfen würde, ob wir doch Hilfen bekommen könnten. Nee sollte nicht wahr sein, nach 32 Tagen und ich weiß nicht wie vielen Erlassen der spanischen Regierung, wo uns Hilfen zu gesagt wurden, wollte man nun sich unser annehmen. Da bin ich mal gespant wie lange das dauert und ob wir nun doch Hilfe bekommen. Wieder hieß es abwarten. Langsam lernte ich auch damit umzugehen. Man ist ja nie zu alt um etwas dazu zu lernen, aber musste es gerade warten sein?

Donnerstag 18.04.2020 Tag 33

Mal wieder so ein Tag wo die Nachrichten sich gegenseitig überschlugen. Spanische Regierung ja zum langsamen lockeren auf den Kanaren, Kanarische Regierung dagegen. Langsam wusste man gar nicht, was man noch glauben sollte oder wie man sich richtig verhält. Corona ist gefährlich, Corona ist nicht gefährlicher als eine andere Grippe. Oh

man, was soll das in den nächsten Wochen o-
der Monaten noch geben. Angst und Verun-
sicherung wurden immer mehr in die Welt
geschickt. Das waren immer die Momente,
wo ich froh war, dass wir hier auf dem Berg
leben. Doch auch wir vermissten unsere Mitarbeiter, Gäste und Freunde. Mal eine Zeit allein zu sein ist echt schön, aber nun war es
lange genug. Es ist aber egal, ob ich und Jochen so fühlte, wir werden auch noch weitere
mindestens 11 Tage hier allein sein. So wie
viele andere Menschen auch. Auch an diesem Tag, schob ich diese traurigen Gedanken
weg. Den Tisch den Jochen gestern angefan-
gen hatte, war fertig und sah fast wie neu
aus. Wenn er in diesem Tempo so weiter
macht, sind nach der Krise, alles was Holz ist,
wieder wie neu.

Weil das Wetter auch an diesem Tag nicht
so gut war, hatten wir eine verrückte Idee.
Wir machen uns einen schönen Abend vor
dem Kamin im Restaurant und sehen uns

Filme auf der großen Leinwand an. So wie wir sind, gesagt getan.

Jochen baute den Receiver an und stapelte Holz in den Kamin, natürlich auch noch welches zum Nachlegen neben dem Kamin. Ich schnitt Käse und Brot, den das kann man ja gut so nebenbei essen. Wir stellten den Tisch vom Sofa zur Seite und schoben die beiden Sofas zusammen genau vor den Kamin. So mit genügend Kissen, Essen und Trinken, der Kamin brannte, setzten wir uns in unsere gebaute Sofalandschaft. Es war ein bisschen wie früher in den alten Kinos, wo noch gemütliche Sitze waren und man etwas essen und trinken konnte. Wir sahen uns einen Film nach dem anderen an und der Kamin machte so viel wärme, dass wir irgendwann spät in der Nacht, auf unser Sofalandschaft einschliefen. Ich glaube, wenn das jemand gesehen hätte, der hätte gedacht „die haben einen Knall" mitten im April den Kamin anzumachen, wo wir nun auch nachts nicht mehr die kalten Temperaturen haben. Aber das wäre uns auch egal gewesen, weil was ist gerade Normal? Morgens um sieben wurden wir wach, gingen in unser Haus und ins Bett. Da schläft man doch besser als auf dem Sofa.

Freitag 17.04.2020 Tag 34

Dieser Tag fing erst so am frühen Nachmittag an, da schlafen im Bett doch so viel schöner ist. Unsere Hunde waren es schon gewöhnt, das seit einiger Zeit irgendwie der Tag anders abläuft und meldeten sich auch nicht. So gab es unser geliebtes Frühstück erst nachmittags. Doch danach gingen wir wieder an die Arbeit. Jochen war wie immer fleißig im Garten und ich schaute nach den neusten Nachrichten. Doch irgendwie stand im Augenblick alles still. Es kam nichts neues und was dastand, hatte man schon tausend Mal gelesen. Ich beantwortete noch einige Mails, eine fiel mir schon schwer, da es liebe Gäste von uns sind, die es wirtschaftlich auch sehr hart getroffen hat. Irgendwie ist das hier gerade so ungerecht und trieft mal wieder die Falschen am stärksten. Eine Mail schrieb ich, die mir wieder die Tränen in die Augen trieben, aber nicht aus Traurigkeit, nein aus Dankbarkeit. Der liebe Mensch von Oster Sonntag hatte sein Versprechen wahr gemacht. So konnten wir einige Sachen bezahlen und für die nächsten Wochen brauchten wir keine Angst zu haben, dass uns der Strom abgestellt wird. Immer noch ist dieses Handeln für uns ein Wunder.

Da ich seit Tagen nicht so den richtigen Dreh zum Schreiben hatte, irgendwie war mein Kopf leer aber auf der anderen Seite auch mit so vielen Gedanken, dass ich nichts Vernünftiges zu Papier brachte. Doch nun konnte ich wieder klar denken und machte mich daran dieses und das andere Buch weiter zu schreiben. Die Stunden vergingen wie Sekunden und wie Jochen sagte „Essen ist fertig" war es schon zehn Uhr abends. So geht es einem, wenn man den Tag erst nachmittags anfängt. Doch ich schrieb noch bis in die Nacht, denn es lief richtig gut. Das schreiben macht mir gerade sehr viel Spaß und ich kann so auch meine Gedanken und Ängste verarbeiten. Jetzt habe ich aber auch die Ruhe dafür, was ich im normalen Alltag nicht habe. Ja der Alltag, er fehlt mir schon sehr und ich hoffe er kommt bald wieder zurück. In zwei, drei, vier Wochen oder erst in Monaten?

Aus diesen Gedanken holte mich Jochen mit der Frage „macht meine Frisösen auch Home-Office?" Ich schaute ihn fragend an, meinte er es ernst? Natürlich nicht, aber ich versprach, morgen seine Frisörin an zu schreiben, mal sehen was die dazu sagt. Es wird schon etwas grenzwertig mit seinen Haaren und Jochen meinte, „wenn das noch viel länger dauert, sehe ich auf dem Kopf aus wie eine Klobürste ohne Still".

Eigentlich wollten wir gar nicht so spät ins Bett gehen, doch es regnete wie verrückt und so saßen wir noch lange zusammen im Büro. Gesprächsstoff haben wir beide genug und immer, wenn unser Glas leer war und wir nun endlich in unser Haus gehen wollten, fing es noch stärker an zu regnen. Der Abend endete mit dem Beschluss, wenn wir wieder aufmachen dürfen, gibt es neue Öffnungszeiten.

Frühstücksbüfett ab 16 Uhr

Abendessen ab 24 Uhr

Samstag 18.04.2020 Tag 35

In der Nacht bis in den Frühen Morgen, hat es noch sehr viel geregnet, was für unsere Natur natürlich sehr gut ist. Aber gerade für unsere Bauern ist es ein Segen, den Wasser ist hier sehr teuer, nun wo sie auch noch weniger Geld für ihre Ernte erhalten. Sie stehen jeden Tag, auch jetzt in dieser Krisenzeit, auf den Feldern und arbeiten. Wenn man dann noch bedenkt, dass hier noch sehr viel Handarbeit ist, nicht so wie in Deutschland oder anderen reichen Ländern dieser Welt, muss man sich eigentlich schämen, dass man nur so wenig Geld für Obst und Gemüse bezahlt. Aber so ist die Menschheit, Hauptsache ICH bekomme 20 Euro die Stunde, doch alles möchte ich umsonst haben. In über dreißig Jahren, die ich nun schon Gastronomie mache, habe ich es oft erlebt und in den letzten Jahren ist es noch schlimmer geworden. Doch leider habe ich keine Hoffnung, dass es nach der Krise besser wird, nein, ich glaube es wird noch schlimmer. Ich für meinen Teil werde weiter, so wie ich es schon mein Leben lang mache, auch weiter gerne etwas geben, wenn es mir möglich ist. Weil ich schon immer so war und sein werde, werde ich auch nie zu Reichtümern kommen. Aber das will ich auch gar nicht, denn Menschlichkeit, Respekt, Anerkennung und Liebe sind mir viel wichtiger. Natürlich möchte ich ohne finanzielle Sorgen leben, so wie jeder andere Mensch auf dieser Welt auch.

So machte mir die Nachricht von Paula und Paul sehr viel Freude. Paul durfte wieder arbeiten und Paula hatte Unterstützung bekommen. Es macht mich immer glücklich, wenn Menschen die ich kenne, es ihnen gut geht, auch wenn ich gerade nicht in so einer glücklichen Lage bin. Neid war noch nie mein Ding und wird es auch nie werden.

Wie versprochen schrieb ich Jochens Frisörin an. Sie musste natürlich über den Online Termin schon sehr lachen und meinte, in dieser Disziplin habe sie noch keine Erfahrung. Aber wie wir alle, hoffte auch sie, dass es bald vorbei ist. Doch wenn man so die Nachrichten sieht, weiß man eigentlich gar nichts mehr. Mal soll es noch ein paar Wochen, dann ein paar Monate und dann ein paar Jahre dauern. Das einzige was ich jetzt glaube, es wird die Menschheit verändern, aber nicht zum Guten. Die ICH Menschen werden noch stärker werden, da man mit so einer Krise wohl immer wieder rechnen muss. In meinem Herzen hoffe ich es zwar nicht, aber glauben tu ich es schon. In den Familien wird man mehr wieder zusammenrücken und das Alleinsein wird nicht mehr so erstrebenswert sein, was natürlich schön ist, doch die Offenheit, Menschlichkeit und die Hilfsbereitschaft zu anderen Menschen wird weniger. Für mich ist das ein sehr trauriger Gedanke, doch die letzten Tage und Wochen treiben mich immer mehr zu dieser Auffassung. Doch die Hoffnung das es bald vorbei ist und die Menschen alle wieder zusammenrücken und mehr auf sich gegenseitig achten, stirbt auch in mir zuletzt.

Sonntag 19.04.2020 Tag 36

Wer hätte vor 36 Tagen gedacht, das so lange diese Krise dauern würde und noch viel länger dauert? Wohl keiner, denn wir konnten uns so etwas gar nicht vorstellen. Doch nun sind es schon 36 Tage und es werden noch viele Tage dazu kommen. Irgendwie ist diese Zeit doch schnell vergangen. Gebe zu, wenn einer vorher zu mir gesagt hätte, Du darfst jetzt 36 Tage keine Freunde treffen, nicht arbeiten und nur kurz zum Einkaufen dein Haus verlassen, ich hätte gesagt

„das geht doch nicht". Doch es geht und es wird auch noch die nächsten mindestens sechs Tage gehen, oder wie viele es noch werden. Doch auch bei uns, kommen die negativen Gedanken immer mehr durch, wir kämpfen zwar jeden Tag dagegen an, aber es wird schwieriger. Nicht nur das wir Angst haben alles zu verlieren, nein auch das unsere Mitarbeiter bis zum heutigen Tag noch keine Hilfen bekommen haben. In den Medien wird erzählt was für Hilfspackte für die Menschen hier auf den Kanaren beschlossen wurden, doch es ist bei keinem bis jetzt etwas angekommen. Da kann man schon etwas sauer werden, wenn man dann seine Landsleute in Deutschland hört. Viele sind nur am Jammern und meinen wie schlecht es ihnen geht, da sollten sie mal hier sein oder in Italien. Glaube sehr viele würden dann kein Wort mehr sagen. Klar kann man nun sagen, die hat es sich ja so ausgesucht. Ja ich habe mir Teneriffa zum Leben und Arbeiten ausgesucht und möchte auch hier weiter machen, doch die Krise habe ich mir nicht ausgesucht. Die hat sich wohl keiner ausgesucht.

Wie wir schon vor Tagen angekündigt, kam die Verlängerung der Ausgangssperre bis zum 10.05.2020. Acht Wochen werden es dann sei, wo wir kaum Kontakte hatten. Acht Wochen plus wie viel Wochen die noch kommen, bis wir wieder arbeiten dürfen. Es fühlt sich wie der Todesstoß für die Finca an. Die Tränen liefen mir über das Gesicht, sollte das nun das Ende sein? Ich wollte diesen Gedanken schnell wieder los werden und auch Jochen sollte nicht mitbekommen wie es mir gerade ging. So beschloss ich, mich mit Jochen noch auf unsere Terrasse zu setzen, ein Glas Wein zu trinken und über etwas Schönes zu sprechen. Irgendwie hatte Jochen immer den richtigen Zeitpunkt, um mich mal wieder zum Lachen zu bringen. Als ich gerade mein Büro verlassen wollte, kam er und meinte ganz stolz „ich habe was für meinen Bauch getan". Ich schaute ihn sehr fragend an, seit Tagen sprechen wir darüber, aber so wirklich haben wir noch nichts für unsere Figur getan. Jochen mit einem Lächeln im Gesicht „ich habe eine Tüte Gummibären gegessen".

Montag 20.04.2020 Tag 37

Es war wie man sich so einen Montag nicht schlechter vorstellen kann. Einer unserer Mitarbeiter, mit dem wir regelmäßig im Kontakt standen, hatte uns darüber informiert, dass sie immer noch keine Hilfe bekommen haben. Sie hatten schon überall Anträge gestellt, doch was die Regierung so an Hilfen auf den Weg gebracht haben, konnte keiner der Ämter umsetzen. Alle meinten, wir müssen erst mal sehen, vielleicht in einer Woche wissen wir mehr. Mal ganz ehrlich, was sind das für Hilfen? Vermieter, Stromversorger, Telefonanbieter und so viele mehr, wollen ihr Geld, wovon sollen sie das bezahlen? Wenn das Telefon nicht mehr geht, geht auch das Internet nicht mehr und so können sie dann gar nichts mehr beantragen, da ja die Ämter zu haben. Es stellt sich immer mehr die Frage, wo soll das noch hinführen? Es machte mich wütend und traurig. Doch leider wusste ich auch nicht, was man dagegen tun kann. Wir kamen ja selber gerade so über die Runden und mit der Bank war noch nichts geklärt. Seit fünf Wochen war man jeden Tag dabei Hilfe zu bekommen, doch meistens bekam man nicht mal eine Antwort. Irgendwie stand die Welt still. Wenn nicht dieser Virus uns krank machte, dann diese Hilflosigkeit.

Mittlerweile schaute ich auch nicht mehr so viel ins Netz, denn das verunsicherte einen mehr als was es einem half oder man ärgerte sich über Menschen, die nur dummes Zeug schrieben. Aber es gab auch die tollen und guten Menschen. Es hatte ein deutsches Ehepaar eine Gruppe, die hier auf Teneriffa leben, ins Leben gerufen, um gerade den Menschen zu helfen, die nicht mal mehr Geld hatten, um sich etwas zu essen zu kaufen. Nicht nur dass sie ihr Zeit opferten und Geld sammelten, nein sie gaben auch von ihrem Geld sehr viel dazu. Das waren die Nachrichten die Hoffnung in mir erweckten. Das sind für mich Menschen die nicht nur reden, sondern handeln.

Jochen und ich sprachen abends noch darüber was wir denn machen sollten, wenn wir hier alles verlieren. So einen richtigen Plan B hatten wir nicht, doch wir waren uns einig, dass wir alles versuchen würden hier zu bleiben. Auch wenn wir uns gerade sehr im Stich gelassen fühlen, nach Deutschland wollten wir beide nicht zurück.

Dienstag 21.04.2020 Tag 38

Leider wurde mein Gemütszustand eher schlechter als besser und auch Jochen war nicht gut drauf. Wir hatten beide nicht die Kraft uns gegenseitig aufzubauen und verbrachten den ganzen Tag bei uns im Haus.

Auch das Fernsehen konnte uns nicht aufmuntern, wie auch, wenn nur, Serien und Weltuntergangs Filme liefen. Es gab aber auch gar nichts, was uns an diesem Tag aufmunterte. Sollten wir nun auch in ein so schwarzes Loch fallen, wie schon viele Menschen in dieser Zeit, wo wir allein nicht mehr rauskommen? Sollten alle die voran gegangenen Tage, die wir gemeinsam gemeistert hatten, umsonst gewesen sein? Ich konnte mir keine Antwort darauf geben und auch Jochen wusste nicht so wirklich was er fühlen oder denken sollte. Irgendwann sind wir vor dem Fernseher eingeschlafen. Na wenn die Tage so weiter gehen, dann ist dieses Buch in zwei Seiten zu Ende, doch so wirklich glaubte ich daran nicht.

Mittwoch 22.04.2020 Tag 39

Irgendwie waren wir heute, nach Wochen, schon recht früh wach. Doch es ging uns beiden besser, zwar die Stimmung nicht in höchst Form, aber viel besser als gestern. So machten wir uns nach dem Frühstück an die Arbeit. Jochen holte sich die nächste Holzarbeit und ich schaute was es so Neues gab.

Oh die Bank hatte sich gemeldet, aber nur weil mein Steuerberater sich noch nicht bei den gemeldet hat. Ganz Klasse, also habe ich mich da hinter gehängt und nun heißt es mal wieder warten. Auch mein Verlag hat mir eine Mail geschrieben, doch die schrieben nur, das Angebot kommt mit der Post. Also auch hier weiter warten und das wo jetzt die Post noch seltener zu uns kommt als normal. Ja aber was beschwere ich mich, warten ist doch das was wir seit fast sechs Wochen machen.

Doch es sollte auch die guten Nachrichten geben, es wurde nun ernsthaft darüber diskutiert, ob man auf den Kanaren nicht schon ein paar Lockerungen dieser Ausgangssperre machen sollte. Oh wie schön wäre es und ein kleiner Anfang, auch wenn es uns noch finanziell nichts bringen würde, aber mal wieder Freunde treffen, wäre total klasse.

In Deutschland hatten sie ja nun schon seit Montag Lockerungen, doch die hatten ja nie eine Ausgangssperre, nur ein Kontaktverbot. Ich glaube viele Deutsche können sich gar nicht vorstellen, wie es jetzt diesen Menschen geht, die in einigen Ländern seit Wochen eine Ausgangssperre haben. Doch wie die Deutschen ja nun mal so sind, es wurde und wird weiter gejammert. Es machte mich schon etwas böse, das gerade DIE, denen es wirtschaftlich in dieser Zeit gut geht, am meisten jammern. Doch mit wirklichen Problemen, ob in Deutschland oder in Europa, befassten sich diese Menschen am wenigsten. Aber es gab auch einige, die sich sehr für Probleme einsetzten. So wie ein sehr gut befreundeter Künstler, der sich für die Schulkinder und deren Rechte in Deutschland stark machte und ganz klare Worte sagt. So etwas ist ein Vorbild und es wäre schön, wenn wir mehr davon hätten. Unsere Kinder, sind unsere Zukunft.

Leider sieht es auf den Kanaren sehr schlecht aus und es fangen schon die ersten Menschen an zu hungern, weil sie kein Geld haben um Essen zu kaufen. Das es sowas in der heutigen Zeit noch in Europa gibt, macht mich sehr traurig. Es sind Menschen, die vor der Krise gearbeitet haben, nun arbeitslos sind und immer noch keine Unterstützung bekommen haben. Es kann doch nicht so schwer sein, diesen Menschen erst einmal etwas Geld zu überweisen, damit sie sich etwas zu Essen kaufen können. Doch es gibt auch hier viele gute Menschen, die sich nun zusammengetan haben und gerade diesen armen Menschen helfen. Ich beschloss daher, morgen mal wieder auf Facebook einen Artikel zu posten, um noch mehr Menschen wach zu rütteln.

Jochen und ich sprachen diesen Abend noch lange über dieses Thema und wie Jochen nun so ist, meinte, nach Stunden, ganz trocken „manche Menschen sind doch froh, dass sie wenigstens bei der Geburt den Ausgang gefunden haben. Die haben den Kopf doch nur, damit es in den Hals nicht reinregnet".

Donnerstag 23.04.2020 Tag 40

Seit einiger Zeit kann ich wieder nachts nicht schlafen und schau bis zum frühen Morgen in den Fernseher. Da um fünf Uhr das Frühstücksfernsehen anfängt, bin ich gerade sehr gut auf dem Laufenden, was so in Deutschland abgeht. Gerade deshalb postete ich auf Facebook.

23.04.2020 Tag 40

MEIN POST VOM 22.03.2020

Jetzt noch aktueller als am 22.03. Alle „Die", die Kanaren lieben oder dort mal Urlaub machen wollen, sollten sich dieses Mal zu Herzen nehmen. Mit Worten „wir denken an Euch, drücken Euch die Daumen, ihr Schaft das schon" unterstützt ihr die Menschen hier nicht.

Ganz im Gegenteil, ihr schaut zu, wie Eure Lieblings Inseln zu Grunde gehen. Den hier HUNGERN schon Menschen, weil sie kein Geld mehr haben. Unterstützungen die von der Regierung angekündigt worden sind, sind bis heute nicht mal beim kleinen Mann angekommen. Wer ist der kleine Mann? Es sind die Menschen die Euren Aufenthalt hier so schön machen. Die in kleinen Läden, Bars, Cafeteria, Restaurants, Hotels, Frisören und anderen Bereichen gearbeitet haben. Sie haben schon damals nicht viel verdient, weil jeder will es ja nur billig haben, doch sie konnten damit Ihr Familie versorgen und Ihre Wohnung bezahlen. Nun bekommen sie teilweise gar nichts oder irgendwann und das ist zu viel zum Sterben, zu wenig zum Leben.
Wenn Eure Lieblings Kanaren auch in Zu-

kunft noch mit so LIEBENSWERTEN MEN-
SCHEN sein soll, dann schaut, ob Ihr nicht
doch Helfen könnt. Einen Beitrag hier, leistet
Mary Kortus, der mich von Herzen berührt,
über so viel Hilfsbereitschaft und Menschlichkeit.
Was wäre diese Welt nicht schön, wenn wir
mehr von diesen Menschen hätten.

Melanie Gerhardt

Bitte teilt diesen Beitrag. Danke

So nun hatte ich meinem Frust etwas Luft
gemacht und freute mich schon auf die bösen
Kommentare oder sollten sie ausbleiben?

Überall in Europa und der Welt, kämpfen
so viele Menschen um Ihre Existenz und um
die Arbeitsplätze ihrer Mitarbeiter. So wie
wir auch. Viele Menschen helfen wo sie nur
können, doch noch immer haben viele nicht
begriffen, dass nur Zusammenhalt diese Betriebe retten können. Es wird wie verrückt im
Internet bestellt und ganz wichtig, es muss

billig sein. Sogar Experten sagen im Fernsehen (habe ich im Frühstücksfernsehen gesehen), kaufen sie in den Läden erst mal nichts, es wird noch billiger. Urlaub (wenn klar ist das man wieder reisen darf) erst buchen, wenn es mindestens 25% Rabatt gibt und so weiter. Doch wenn wir uns so verhalten, werden die Betriebe weiter sterben, denn verdienen nur die Großen daran, für den kleinen Mann bleibt mal wieder nichts über. Kleine Betriebe stellen weniger Mitarbeiter ein und können nur kleine Gehälter zahlen. Bald wird es dann nur noch Ketten geben. Die Vielfalt wir verloren gehen. Ich hoffe aber sehr, dass viele Menschen das nicht mit machen und den kleinen Betrieb, gerade nach der Krise, mit ihren Einkäufen und Buchungen unterstützen. Ich werde aber weiter dafür kämpfen, egal wie viele Menschen mich dafür beschimpfen, denn ich möchte diese Vielfalt und Qualität der Kleinen weiter in meinem Leben haben.

Ja auch wenn sich Menschen von mir abwenden und das tun schon einige, werde ich weiter an das WIR glauben. Klar werden jetzt wieder Menschen von mir denken, wieso macht sie das? Das sind doch vielleicht Ihre Kunden oder Ihre zukünftigen Kunden. Ich möchte niemanden angreifen, doch wir sollten jeden Tag dankbar sein, für das was wir haben und auch wenn man es kann, etwas zurückgeben. Gerade in solchen Zeiten wie jetzt.

Freitag 24.04.2020 Tag 41

Dieser Tag begann mit viel Sonne und wir hatten recht gute Laune. Hatte vielleicht auch damit zu tun, dass wir einige liebe Anrufe hatten. Auch sprach ich mit meiner Mutter, wie fast jeden zweiten Tag. Für die alten Menschen wird es langsam schon sehr schwer und so waren auch manchmal die Gespräche mit meiner Mutter nicht so einfach. Für sie war es immer schwerer, dass sie nicht so richtig machen konnte was sie wollte, dazu kam auch noch, dass keiner sie besuchen durfte. Bei ihr läuft die Uhr ja nun schon etwas schneller als bei uns jüngeren Menschen. Doch Gott sei Dank, konnte ich oder mein Sohn sie immer wieder beruhigen, sodass dann für ein paar Tage wieder alles entspannt war. Es machte mir aber schon zu schaffen, da ich ja auch nicht mal kurz zu ihr hinfliegen konnte und natürlich auch die Gedanken kamen, sehe ich sie noch mal wieder. Um nicht wieder in negative Gedanken zu versinken, beschäftigte ich mich im Garten. Der Natur war es ja egal ob wir Ausgangssperre hatten oder nicht. So wuchsen ja nicht nur die Bäume, Sträucher und Blumen, sondern das Unkraut auch. Selbst durch die Teerdecke auf unserem Parkplatz, kam das Unkraut raus. Bei uns gab es deshalb, bis jetzt und auch in Zukunft, keine Langeweile. Da wir nun nicht mal eben schnell in den Baumarkt fahren konnten, um fehlende Dinge zu kaufen, musste man sich etwas einfallen lassen. So baute Jochen dank Schweißgerät und anderen vorhandenen Geräten, das eine oder andere Werkzeug für den Garten selber. Ja Not macht erfinderisch. Man sieht aber auch, wie verwöhnt man eigentlich ist, denn es ist ja so einfache, was fehlt, wird halt gekauft. In den letzten Wochen ist man da schon sehr erfinderisch geworden, weil viele Geschäfte geschlossen haben, das Geld fehlt oder man sowieso zurzeit nicht gerne das Grundstück verlässt. Jochen ist schon seit sieben Wochen nicht mehr von der Finca weg gewesen und die paar Mal die ich zum Einkaufen war, waren schon etwas komisch und ich war jedes Mal wieder froh, auf der Finca zu sein. So wurde bei uns in allen Lebenslagen improvisiert. Doch wenn ich ganz ehrlich bin, schlecht ging es uns dabei nicht, ganz im Gegenteil, wir fingen schon sehr an, viele Sachen wieder sehr zu schätzen, die sonst so selbstverständlich waren. Wenn nicht diese finanzielle wäre, wäre alles gar nicht so schlimm, zu mindestens für einige Zeit. Doch langsam empfinden wir natürlich auch, dass uns die Freiheit schon fehlt. Eigentlich hatten wir ja gehofft das wir nun nur noch diesen und den morgigen Tag haben, doch da wird ja nun nichts draus. Aber die Kontrollen sind schon etwas weniger geworden, wurde mir erzählt und das war ja schon mal ein ganz kleiner Anfang. Ich hatte nie welche erlebt und auch hier bei uns in der Umgebung, haben wir keine Polizei oder Militär gesehen. Doch es wurde mir von vielen erzählt und dass diese Kontrollen auch nicht gerade witzig waren. Ja wir hatten es schon, in diesen Sachen, echt gut hier auf dem Berg. Dazu kommt auch, dass Jochen und ich uns so super gut verstehen, immer zusammenhalten und auch in dieser Zeit viel mit einander lachten. Das lag natürlich viel an Jochens trockenen Humor. So meinte er auch, wenn hier alles wieder läuft, sehe er schon das unsere Gäste, die dieses Buch gelesen haben, nicht nach Jochen fragen, sondern nach der Klobürste ohne Still. Wieder mussten wir herzlich lachen.

Da nun die Kontrollen nicht mehr so viel waren, hatte sich unser Günter mit seiner Frau für den nächsten Tag angemeldet. Auch er vertrieb sich die Zeit mit bauen. Nun fehlte ihm etwas Holz und da wir noch einiges im Keller stehen haben, wollte er sich etwas holen. Man half sich wo man nur konnte, ein bisschen fühlte man sich in die Zeit, die wir aus Geschichten unserer Großeltern kannten, zurückversetzt. Wir freuten uns sehr die Beiden mal wieder zu sehen. Telefoniert haben wir die letzten Wochen regelmäßig, doch mal für einen Kaffee zusammen zu sitzen, das wäre total schön. So ging, vom Gefühl her, ein schöner Tag zu Ende.

Samstag 25.04.2020 Tag 42

Der so lang ersehnte Tag war da, aber leider brachte er nicht die Hoffnung die wir an diesen Tag geknüpft hatten, mit. Doch wir waren gut gelaunt, denn heute sollten wir nach 27 Tagen mal wieder Besuch bekommen. So machten wir uns nach dem Frühstück daran, das wird etwas sein was ich sehr vermissen werde wenn das leben hier wieder normal läuft, einen Tisch und vier Stühle sauber zu machen. Auch holten wir einen Sonnenschirm raus, die hatten wir vor Wochen im Schuppen eingelagert, und legten Kissen auf die Stühle. Ab drei Uhr nachmittags warteten wir auf die Beiden. Doch es wurde halb vier und immer noch keiner war da. Wir machten uns schon Gedanken, denn eigentlich ist Günter immer sehr pünktlich. Sollten sie doch in eine Kontrolle geraten sein? Aber dann hätten sie angerufen und uns informiert. Also warteten wir weiter. Kurz vor vier kamen sie dann. Wie sie aus dem Auto ausstiegen, rief ich „Jochen ruf die Polizei, zwei Menschen sind hier auf der Finca". Wir mussten alle lachen. Ach war das schön, die Beiden zu sehen, aber trotzdem war da so eine Sperre. Nicht wie sonst, nahm man sich in den Arm, man blieb erst einmal etwas auf Abstand. Wir saßen eine ganze Weile auf der

Terrasse und tranken ein Glas Wein und Bier. Irgendwie verging die Zeit wie im Fluge und wir beschlossen das die Beiden über Nacht bleiben. Zimmer haben wir ja genug frei. Jochen kochte noch was Schönes und wir saßen bis spät abends zusammen. Ach wenn es immer wieder um traurige und ernste Themen ging aber genauso viel lachten wir über witzige und schöne Geschichten. Jochen ermahnte die Beiden immer wieder, „seit vorsichtig was ihr sagt, Melanie schreibt es in das Finca Buch". Doch das hielt keinen davon ab, das zu sagen was er wollte. So soll es ja auch sein und ich schreibe hier ja nur so ab und zu mal einige Sätze rein. Wir verbrachten wirklich schöne Stunden und für einen kleinen Augenblick waren alle Sorgen vergessen. Ja es war so, als wäre alles wie früher und keine Krise.

Sonntag 26.04.2020 Tag 43

Der Tag fing erst mittags an, ja war wohl doch ein Glas Wein zu viel gewesen, aber für die Seele, waren diese Stunden, richtig gut. So frühstückten wir erst einmal in Ruhe um dann den Tag zu beginnen. Die Beiden waren schon nach Hause gefahren und so sahen wir sie nicht mehr. Ich rief sie aber an, um zu erfahren, ob sie gut zu Hause angekommen sind. Auch auf dem Rückweg hatten sie keine Kontrollen, sie sind noch schnell zu Bäcker gefahren und haben dann gemütlich gefrühstückt. Doch danach musste erst mal noch ein Mittagsschlaf gemacht werden. Ich freute mich, dass alles gut war, weil eigentlich war es ja nicht so ganz erlaubt. Doch auch die Beiden hatten seit Wochen keinen Kontakt mit anderen Menschen und so hatten wir auch nicht die Angst, das einer von uns krank war.

Jochen machte weiter an seinen Holzbänken, was schon ein wenig wie Strafarbeit ist. Die Bänke sind mindestens acht Jahre alt und stehen seit dem, bei Wind und Wetter draußen. So kann man sich vorstellen wie sie aussehen. Der alte Lack war total abgeblättert und das Holz war sehr stark angegriffen, so-dass Jochen Stunden schleifen musste. Leider hatte er auch nicht mehr so viel Schleifpapier und mühte sich mit dem alten ab. Aber er gab nicht auf und so wurde die erste Bank fertig und die zweite war in Arbeit.

Ich räumte erst einmal von gestern Abend alles auf und stellte den Abwasch zusammen. Ist schon komisch, außer gestern, sind Jochen und ich hier allein, doch Abwasch steht hier immer, als hätten wir Gäste. Naja eigentlich wissen wir gar nicht, was so ein zwei Personen Haushalt an Abwasch haben. Wir sind ja in normalen Leben immer hier im Laden, essen und trinken hier, stellen dann unser Geschirr in die Abwaschküche zu den anderen Sachen von den Gästen. Hier steht immer viel und das ist auch normal. Da kann man mal sehen, was man so an Erfahrungen, in so einer Zeit, sammelt.

Auch hörten wir nach Wochen mal wieder Kinderstimmen. Seit heute dürfen Kinder bis 12 Jahren mit ihren Eltern mal wieder raus.

So lief eine Familie mit Ihren Kindern an unserer Finca vorbei und man sah wie gut es den Kindern tat. Wenn man sonst schon auf Kinderstimmen, wenn sie sehr laut sind, sehr genervt reagiert, hörte es sich jetzt schön an, die Welt lebt doch noch. Ja wenn man älter wird, fragt man sich schon manchmal, früher hat einem Kindergeschrei nichts ausgemacht, doch jetzt empfand man es schon öfter als anstrengend. Nun freute man sich über ihre Stimmen und vielleicht sieht man in der Zukunft, diese Stimmen nicht mehr so als anstrengend an. Kinder sind ja nun mal unsere Zukunft und wir waren ja auch mal Kinder, die getoppt und geschrien haben.

Auch sollte es noch weitere gute Nachrichten geben an diesem Sonntag. Es war nun schon der sechste Sonntag an dem wir keine Gäste mehr hier zum Frühstücken hatten, aber es war ein guter Sonntag. Ab dem 02.05 dürfen alle schon mal wieder sich etwas freier bewegen. Wie genau, ist zwar noch nicht ganz klar, aber wir gehen nun endlich auf Lockerungen zu. Das sind natürlich Nachrichten die das Herz höherschlagen lässt und an die man die Hoffnung setzt, dass wir bald wieder einen Teil unseres Betriebes wieder öffnen dürfen.

Die Menschen waren und sind auch hier sehr einsichtig, haben die Ausgangssperre sehr gewissenhaft eingehalten und haben somit auch erreicht, das seit vielen Tagen die Zahlen der neu erkrankten nach unter geht. Ich glaube auch, dass die Menschen hier, nach der Lockerung, immer noch sehr auf Abstand gehen werden und alle Regelungen einhalten. Natürlich werden es der eine oder andere übertreiben, aber das werden nur sehr wenige Menschen sein. So waren es auch meistens die Ausländer, so wie ich auch hier einer bin, die sich nicht an die Regeln gehalten haben und so werden die es wohl auch wieder sein, die dann über die Stränge schlagen. Aber das wird die Zukunft zeigen, doch ich hoffe das wir hier bald zu einem etwas anderen, aber normalen Alltag zurückkommen.

Mit einem Berg an Frikadellen, beendeten wir den Tag. Jochen machte aus dem Fleisch in unserer Gefriertruhe, meistens war es eingelegtes Grillfleisch, tolle Frikadellen. Sie schmeckten zwar etwas anders, aber waren total lecker und mein Bauch wurde auch langsam etwas dicker, von dem guten Essen.

Montag 27.04.2020 Tag 44

In letzter Zeit, hatte ich das Gefühl, dass Montage nicht so meine Tage sind und ich sie am liebsten auslassen möchte. Doch leider kann man Tage nicht so einfach auslassen. So auch dieser Montag. Immer noch hatte ich nichts vom Verlag bekommen, die Bank meldete sich nicht und es schien als ob mal wieder alles still stand.

So entschloss ich mich, da auch schon wieder einiges fehlte, zum Einkaufen zu fahren.

Unseren Tieren ist es ja nun mal egal, welchen Tag, Woche, Monat oder Krise wir haben, sie wollten ihr Fressen haben. Aber sie waren auch dankbar und fraßen alles. Früher bekamen sie schon sehr gutes Futter, nun mussten sie sich mit dem günstigstem zufriedengeben, da wir mit dem wenigen Geld was wir noch hatten, sehr sparsam umgehen mussten. Auch brauchen wir Geld, wenn wir wieder aufmachen dürfen und da wird es echt eng.

Auch diesmal sah ich keine Kontrolle und es gab alles was man braucht. Es waren sogar schon etwas mehr Autos auf den Straßen und weniger Sicherheitsleute im Supermarkt. Aber alle verhielten sich sehr korrekt und so kam kein komisches Gefühl in mir auf. Doch wie ich an der Kasse stand, sah ich wie ein Paar, Mitte Fünfzig, Hand in Hand Richtung Eingang des Supermarktes ging. Kurz vor dem Eingang trennten sie sich und nahmen jeder einen Einkaufswagen. Es war immer noch nicht erlaubt, zusammen zum Einkaufen zu gehen und nun war ich mal gespannt was passiert. Sie wurden von dem Sicherheitspersonal angehalten und einer wurde auf gefordert zu gehen. Die Beiden blieben stehen und diskutierten. Der Sicherheitsmensch wurde langsam, zwar immer noch sehr höflich, etwas schärfer in seinem Ton. Wie ich an ihnen vorbei kam, hörte ich, dass es Deutsche waren. Sie regten sich darüber auf, dass sie nicht zusammen einkaufen dürfen. Ich konnte es nicht fassen, was hatten sie die letzten sechs Wochen nicht begriffen? Es war mir total peinlich, dass meine Landsleute sich so aufführten. Da man mir schon von weiten ansieht, das ich Deutsche bin, ging ich schnell an ihnen vorbei zu meinem Auto. Oh Man, in der Heimat sich über Ausländer aufregen und im Ausland sich total danebenbenehmen. So war ich wieder froh, als ich wieder auf der Finca war. Dort erzählte ich Jochen von dem Paar im Supermarkt. Er war auch der Meinung, dass man sich nur schämen kann, für so ein Verhalten. Doch gerade in den letzten Wochen hatte man gesehen, was so manchem Deutschen wichtig ist und das gefiel uns Beiden gar nicht. Von daher waren wir froh hier zu sein und das unsere Kanarischen Nachbarn so lieb und nett zu uns sind.

So sieht man aber auch, dass sogar bis heute, sich viele Menschen nicht geändert haben oder mal über ihr Verhalten nachdenken. Man fragt sich schon, was soll eigentlich noch passieren, damit die Menschheit mal von ihrem Egotrip runterkommt. Da freut es einem schon, wenn man dann liest, dass immer mehr Menschen hier, die Hilfsorganisationen, um den Hunger der Menschen zu lindern, mit Geld unterstützen. Leider ist es uns zurzeit nicht möglich hier etwas bei zu tragen, außer es im Netz zu verbreiten, doch sollte diese beiden Bücher ein Erfolg werden, werde ich den Menschen hier etwas zurückgeben. Hier haben die Menschen sich an so viel gehalten, waren aber immer hilfsbereit und haben noch das wenige was sie hatten geteilt. Keine Unterstützung bis heute, am 11.05 sollen sie Geld bekommen, das sind aber noch 13 Tage. Ja da sieht man die Welt ist und bleibt ungerecht.

Doch ich kann es nicht ändern, aber wenn es mir wieder besser geht, werde ich etwas zurückgeben.

So endete dieser Montag mit recht trüben Gedanken und ich merkte wie mich das ganze wieder sehr runter zog.

Dienstag 28.04.2020 Tag 45

Die letzte Nacht hatte ich nicht gut geschlafen, zu viele Gedanken gingen durch meinen Kopf und auch die Ratlosigkeit, wie geht es weiter, ließen mich nicht zur Ruhe kommen. Wir hatten zwar noch genügend zu Essen und zu Trinken, der Strom war auch bezahlt, aber die Zahlungen für die Finca waren für einen Monat nun schon offen und der nächste Monat stand vor der Tür. Aber ich versuchte mit positiven Gedanken in den Tag zu starten. Nach dem Frühstück, ging ich ins Büro und was lag da vor meiner Tür, ein großer Umschlag vom Verlag. Ich war total aufgeregt, denn nun würde ich erfahren, ob man das was ich geschrieben habe auch veröffentlichen könnte. Man schrieb mir, dass der Verlag das Buch für gut hielte und es veröffentlichen würde. Oh was war ich glücklich doch dann kam der Dämpfer. So wie ich es heraus lass, sollte ich erst einmal 2735 Euro dafür bezahlen. Wo sollte ich das Geld hernehmen, hatte ja nicht mal genug Geld um hier alles zu bezahlen. Ich war sehr traurig und die Hoffnung mit diesem ersten Buch schon mal etwas Geld zu verdienen dahin. Ich würde dieses Buch nie veröffentlichen können, weil so viel Geld werde ich in den Nächsten Jahren bestimmt nicht überhaben. Ich überlegte ob ich nicht versuchen sollte mit den zu verhandeln, aber irgendwie konnte ich mich zu nichts durchringen. Ich schrieb einen ganz lieben Freund an und bat ihn um Rat. Denn ist das so ganz korrekt, so viel Geld im Vorfeld zu verlangen? Oder sollte man es bei einem anderen Verlag versuchen? Bis jetzt hatte ich es nur an einem Geschick. Ich wollte jetzt erst einmal drüber schlafen und die Nachricht von meinem Freund abwarten. Die Freude aber das man es für gut befunden hatte, erhielt ich mir an diesem Tag. So schrieb ich weiter an meinen Büchern. Es macht schon viel aus und in dieser Zeit noch mehr als im normalen Leben, wenn man positive Nachrichten bekommt.

Abends lass Jochen, was der Verlag geschrieben hatte. Bis jetzt wusste er ja nur von mir, dass sie es gut fanden und dass sie so viel Geld haben wollten. Nach dem er alles gelesen hatte, meinte er „Süße hast du dir das richtig durchgelesen?". Ja hatte ich! Er meinte, dafür das ich mein erstes Buch geschrieben habe und nicht wirklich Ahnung davon habe, dass das doch eine super Bewertung wäre. „Ein breites Publikum dürfte dieses Buch zur aktuellen Situation lesenswert finden. Ein lesenswertes Werk, dass die Folgen einer globalen Krise auf persönlicher Ebene beleuchtet." Ja eigentlich hatte er recht, nee er hatte recht. Ich war wohl so enttäuscht über den Betrag, dass ich die Bewertung gar nicht so verinnerlicht hatte. Jochen war sehr stolz auf mich und das machte mich sehr glücklich. Ja es war eine Bewertung von jemanden, der richtig was von Büchern schreiben versteht. Dieses sollte mich von nun an noch mehr vorantreiben und daran glauben, dass diese Bücher uns über diese Krise bringen. Das so unser kleines Landhotel mit seinen Mitarbeitern auch in Zukunft weiter bestehen kann. So wurde der Entschluss gefasst, am nächsten Tag den Verlag anzurufen um zu klären, ob es nicht eine andere Möglichkeit gäbe, als im Vorfeld so viel Geld zu bezahlen. Das man schon etwas vorweg bezahlen muss, war mir schon klar, aber gleich so viel. Immerhin verdient so ein Verlag nicht schlecht an einem Buch, das konnte ich ja aus der Kostenrechnung ersehen und das würde er so lange, wie das Buch verkauft wird. Für einen als Autor ist der Verdienst schon sehr klein, wenn man das Buch nicht zu teuer machen will. Geht ja auch nicht, weil dann würde es ja keiner kaufen. Aber alles brachte mich zu diesem Zeitpunkt nicht weiter und so musste ich erst einmal das Gespräch am nächsten Tag abwarten. Ja da war wieder mein Problem „warten". Doch ich hatte nun schon so lange auf so vieles gewartet und wartete noch auf so vieles, dann würde ich auch dieses überstehen. Aber egal wie das Gespräch am nächsten Tag ausfallen würde, ich setzte mir in den Kopf, bis Ende nächster Woche einen Verlag zu finden, der mein Buch drucken würde zu einem vernünftigen Preis. Mit sehr viel Zuversicht und stolz in meinem Herzen, endetet dieser Tag.

Mittwoch 29.04.2020 Tag 46

Fast ohne Schlaf begann ich diesen Tag, doch ich war fest davon überzeugt, das bekomme ich mit dem Verlag hin. So setzte ich mich hin und rief den Verlag an. Das Gespräch war sehr nett, doch es gab keine andere Möglichkeit, als erst das Geld zu bezahlen um dann das Buch zu veröffentlichen. Es machte mich schon etwas traurig, doch ich wollte nicht aufgeben. So durchstöberte ich das Internet um einen neuen Verlag zu finden. Na Verlage gab es ja reichlich und so fing ich an einige anzuschreiben, um einmal zu sehen, ob diese auch erst so viel Geld haben wollten. Ich war schon erstaunt, dass fast alle mir die gleiche Summe nannten und es immer im Voraus bezahlt werden muss. Sollte nun der Traum endgültig vorbei sein? Ich suchte aber weiter und kam auf eine Seite die mit einem kleinen Preis warben. So schaute ich mir diese Seite genauer an und konnte keinen Haken finden. Doch bevor ich da alles hinschicke und wieder über zwei Wochen warte, rief ich da an. Ich führte ein sehr nettes und informatives Gespräch. Die Dame war sehr auskunftsfreudig und war zu keinem Zeitpunkt unhöflich oder genervt. So viele Fragen wie ich ihr gestellt habe, da wäre ich wohl schon etwas genervt gewesen oder vielleicht auch nicht. Ich beantworte in meinem Bereich ja auch sehr viel Fragen. Als das Gespräch beendet war, war für mich klar, hier werde ich mein Buch drucken lassen. So meldete ich mich auf der Seite an und ging einen Schritt nach dem anderen durch um das Buch bei dem Verlag einzureichen. Das war gar nicht so einfach, für einen Menschen wie mich, da ich ja so ein Computergenie bin. Ha Ha

Ich kam schon oft an meine Grenzen, aber es gibt ja Telefone. So rief ich die gute Frau noch zweimal an und nervte mit meinen wohl total dämlichen Fragen und Problemen. Doch die Gute ließ sich nicht aus der Ruhe bringen und half mir so gut, dass auch ich das verstanden habe. Bis kurz vor ihrem Feierabend, hatte sie mich an der Backe. Es war mir schon peinlich und ich entschuldigte mich tausendmal. Sie meinte nur „kein Problem, dafür sind wir da". Fand ich schon klasse, denn sie verdienen eigentlich erst an mir, wenn das Buch verkauft wird. Das Geld was ich hier bezahlen muss um das Buch zu veröffentlichen, ist sehr wenig und ich bekomme noch fünfunddreißig Bücher dafür. Für mich schien das alles eine Faire Sache zu sein. So kämpfte ich bis zum Ende, leider konnte ich bei der letzten Hürde, die nette Dame nicht mehr anrufen, sie hatte schon Feierabend. Jochen kam mir zur Hilfe, doch leider konnte er das Problem auch nicht lösen. Ich hatte mir aber in den Kopf gesetzt, es an diesem Tag noch fertig zu bekommen. So probierte ich einiges aus und nach über einer Stunde hatte ich es doch geschafft. Irgendwie war ich total erschlagen aber auch total glücklich. Nach über sechs Stunden war es vollbracht, das Buch war bei dem Verlag. Nun hatte ich auch Zeit für andere Dinge und nachzusehen, wer uns noch so geschrieben hatte.

Fast jeden Tag bekam ich Mails von Gästen und die musste ich ja auch beantworten. Es war schön, dass nun alle meine Gäste viel Verständnis für unsere Situation hatten und so nicht mehr böse schrieben. Wie sollte ich auch jetzt in dieser Krise zusagen machen können, wo keiner so recht wusste wie es weiter geht. Bis jetzt waren wir doch sowieso auf uns selber gestellt und an Hilfen glaubte ich nicht mehr. Ich hoffte nur, dass unsere Leute, wie so viele arme Kanarios, bald mal Geld bekommen. Aber es schien als sollten die Lockerungsversprechen nun doch umgesetzt werden. Doch drauf freuen wollte ich mich noch nicht, das hatte man schon öfter und wurde enttäuscht. Es wurde auch immer anstrengender im Netz Neuigkeiten zu lesen. Man musste schon sehr darauf achten, wie alt der Artikel war und manche waren nach ein paar Stunden schon gar nicht mehr aktuell. Zudem wurde man auch immer mehr verunsicherter, da die Aussagen immer widersprüchlicher wurden. Um mich da aber nicht zu sehr hinein ziehen zu lassen, lass ich schon eine ganze Zeit nicht mehr so viel im Netz.

Ich schaute mir stattdessen einmal am Tag Euro News an und lass was die spanische Regierung so wieder beschlossen hatte. Damit kam ich besser zurecht und ich wollte mich auch nicht nur noch von Angst leiten lassen. Die Angst hier alles zu verlieren war schon groß genug, da wollte ich nicht noch Lebensangst dazu bekommen. Es war schon erstaunlich, dass Jochen und ich es bis hierhergeschafft hatten, ohne in totalem Selbstmitleid zu verfallen. Aber da sind wir auch die Menschen nicht für. Außerdem glaubten so viele Menschen an uns, die uns schon sehr unterstützt hatten und diese wollten wir natürlich auch nicht enttäuschen. Auch wenn es noch ein langer und schwerer Kampf sein wird, wir werden alles geben.

Wieder hatten wir einen Tag geschafft und mit unserem täglichen Abendspaziergang um das Wasser abzudrehen, der Wasserrohrbruch konnte leider immer noch repariert werden, gingen wir ins Bett.

Donnerstag 30.04.2020 Tag 47

Seit Wochen hatten wir schönes Wetter und wenn es mal geregnet hatte, dann war es nachts. So blühte unser Garten nur so auf und das Aufstehen war zu einer einigermaßen Zeit auch nicht mehr so das Problem. Allerdings fingen wir auch wieder an unseren Wecker zu stellen, damit wir wieder in den normalen Alltag kamen. Es könnte ja sein, dass wir in elf Tagen wieder auf machen dürfen. Naja noch war nichts fest beschlossen, doch wir wollten darauf vorbereitet sein. Jochen machte sich wieder im Garten zu schaffen und ich schaute was es so Neues gab. Hilfe gab es natürlich immer noch nicht und mit dem wieder Aufmachen war auch noch nicht so klar. Doch es sollte mich doch noch etwas sprachlos machen, ganz liebe Gäste hatten mir Geld auf mein Konto überwiesen. Auf die Frage warum sie es getan haben, meinten sie, wir würden es im Augenblick mehr brauchen als sie und sie wollen unbedingt noch einmal zu uns kommen. Da war wieder dieser Moment, wo Jochen und mir die Worte fehlten. Wir waren sehr glücklich und dankbar dafür, den so etwas zeigte uns, das es richtig war, was wir hier machten. Aber wir sahen es auch als unsere Pflicht an, alles dafür zu tun, damit wir es irgendwann wieder zurückgeben können. Es war ein Riesen Geschenk in dieser Zeit, doch so etwas als selbstverständlich an zu sehen, ging für uns nicht.

Durch dieses Geld, brauchte ich nun nicht meine Eisernere Reserve anzubrechen, um den ersten Teil des Finca Buches zu veröffentlichen. Auch wenn hier wieder jemand meint, ich sollte doch lieber das Geld für meine Hypothek ausgeben, würde das nur ein Tropfen auf dem heißen Stein sein und nicht viel bringen. Von dem Finca Buch war ich überzeugt, dass es uns sehr helfen würde, auch wenn ich eine kleine Summe erst einmal dafür bezahlen musste. Auch hatte ich schon so einige Vorbestellungen, die fast schon die Summe ausmachte, die ich vorweg bezahlen musste. So war mein Risiko schon sehr klein geworden. Mittlerweile hatte ich auch schon weitere fachliche Meinungen dazu und die waren alle sehr gut. So galt auch für mich nun, wer nicht wagt der nicht gewinnt. Vielleicht hätte ich mit dem Schreiben viel früher anfangen sollen, doch dazu hatte ich vorher nie Zeit. Doch wenn ich vielleicht schon ein Buch veröffentlich hätte, würde man nicht so an mir zweifeln. Aber wer zweifelte eigentlich an mir? Ja es waren die Menschen, die mir schon immer das Leben schwer gemacht haben. Warum sie das taten wusste ich nicht, sie hatten wohl nichts Besseres zu tun in ihrem Leben, denn nicht nur mir machten sie das Leben schwer. Ist schon traurig, aber leider gibt es diese Menschen. Doch sie haben mich noch nie von meinem Weg abbringen können und werden es nun auch nicht tun.

In den letzten Jahren war Jochen oft meine Stütze, wenn ich wieder solche Anfeindungen bekam und er hatte auch wieder einen passenden Spruch dazu. „Diese Menschen, haben einen ICQ von 62, 61 brauchst du um ein Fenster zu öffnen:"

Ja er schaffte es immer wieder mich aufzubauen und zum Lachen zu bringen. Es gibt nichts Besseres als so einen Partner an seiner Seite zu haben.

An diesem Tag wurde ja eigentlich gefeiert, Tanz in den Mai, doch dieses Mal war es anders. Es durfte ja so wirklich keiner raus und alle Lokale waren immer noch geschlossen, doch ob im Netz oder im Radio wurde versucht Party zu machen. Es war schon toll was so einige Künstler oder DJ so machten, auch ohne direktes Publikum, um die Menschen zu erfreuen. Ja Musik ist gut für das Gemüt und so ist zu hoffen das ganz viel von ihnen diese Krise überstehen. In Zukunft ohne Theater, Tanzveranstaltungen oder Live Konzerte wäre schon ein ganz großer Teil Lebensqualität weg. Jeder hofft doch, dass wir unser altes Leben zurückbekommen. Vielleicht ist es nicht mehr ganz so, doch es sollte doch die schönen Dinge beinhalten. Wieder wurde mir sehr klar, was man früher gar nicht so geschätzt hat. Man sieht immer nur das Negative und viel zu wenig das Positive im Leben, aber so ist die Menschheit, mit nichts wirklich zufrieden. Das wird aber wohl auch in Zukunft so bleiben, egal wie sie aussehen wird. Ich habe es schon vor der Krise immer wieder versucht, mehr das Positive zu sehen und bin oft dafür als Träumer betitelt worden, doch ich werde es nun noch mehr tun, da genau das es ist was das Leben lebenswert macht. Dann bin ich eben ein Träumer.

Freitag 01.05.2020 Tag 48

Dieser Tag fing wieder mit unserem so geliebten Frühstück an, doch uns wurde immer mehr bewusst, dass das bald nicht mehr so sein würde. Es war ein Stück Lebensqualität, was uns die Krise gegeben hatte. Doch auch wenn es in naher Zukunft wieder Luxus für uns sein sollte, wir freuten uns wie kleine Kinder, endlich wieder Leben auf der Finca zu haben. So machten wir uns an die Arbeit, denn wir hatten uns einen Zeitlichen Plan gemacht, damit auch alles wieder schön und sauber ist, wenn die ersten Gäste wiederkommen dürften. Auch wenn wir die letzten Tage und Wochen immer was auf dem Gelände gemacht hatten, für zwei Leute war es schon viel Arbeit so 10.000 Quadratmeter in Ordnung zu halten.

Am frühen Abend trafen Jochen und ich uns an unserem Tresen im Restaurant. Ja auch wenn wir hier ganz alleine waren, viele Stunden am Tag sahen wir uns nicht oder nur kurz. Es war manchmal so wie im Alltag, wir arbeiteten zwar im gleichen Betrieb, aber jeder machte seine Arbeit und unsere Aufgaben waren bei jedem anders gelagert. So meinte ich auch einmal in einem Gespräch mit einem unserer Mitarbeiter, „ja, wenn ich ihn sehe, sage ich es ihm".

Es war schon lange her, dass Jochen und ich uns an unseren Tressen gesetzt haben, etwas getrunken und über schöne Dinge aus der Vergangenheit gesprochen haben. So beschlossen wir dieses mal wieder zu machen. Wir holten uns zwei Barhocker, machten uns etwas zu trinken und machten unseren Geburtstags- Musik- Mix an. Durch die Musik, es ist schon ein toller Mix, sechzig Jahre Musikgeschichte aus unserem Leben, brachten so viele schöne und lustige Erinnerung. Es ist nun schon zwei Jahre her, wie wir um diese Zeit mit der Vorbereitung unseres Geburtstags beschäftigt waren. Wir waren sehr glücklich, dass wir Ihn überhaupt feiern konnten, den das Geschäftsjahr 2017 war sehr schlecht und das laufende 2018 schien auch nicht besser zu werden. Doch wir hatten jeden Cent, den wir entbehren konnten gespart und das Duo Herztattoo sowie Lesli Anderson hatten uns super Preise gemacht. Es sollte DER Geburtstag für uns werden und es wurde DER Geburtstag für uns. Immer noch müssen wir darüber lächeln, dass unsere Gäste bei Jochen zwei Mal hinsehen mussten und mich fast nicht erkannt haben.

Wir hatten es geschafft, mal ganz anders aus-
zusehen, nicht so mit Jeans, T-Shirt und Plas-
tiklatschen wie jeden Tag. Das zu kam, das
meine Frisörin, mir eine so schöne Frisur aus
meinen halb langen Haaren gezaubert hatte,
man kannte mich nur mit hoch gesteckten
Haaren, das ich sogar gefragt wurde, wie sie
es mit dem Haarteil gemacht hatte. Welches
Haarteil? Es waren alles meine Haare. Die
ganze Feier lief so ab wie wir es uns ge-
wünscht hatten. Selbst die Einlage von unseren Mitarbeitern, der liebe Jochen musste dafür sehr hinhalten, passte so gut zu diesem
Abend. Bis spät in die Nacht feierten wir mit
unseren Gästen, die Teils extra aus Deutschland hierhergekommen waren, um diesen
Tag mit uns zu erleben. Da wir eigentlich
keine Geschenke haben wollten, doch jeder
etwas mitbringen wollte, hatten wir gesagt,
dass sie nur etwas Selbstgemachtes mitbringen durften. Wir waren total überwältigt,
was sich so jeder hat einfallen lassen. Es wa-

ren die schönsten Geschenke die wir je bekommen hatten. Ja es war der perfekte Geburtstag für uns, über den nicht nur wir, sondern auch unsere Gäste bis heute sprechen.

Wir schwelgten noch über so manche schönen Geschichten, auf die wir durch die Musik kamen. Die Hochzeiten, Silberhochzeiten, Geburtstage und viele Feiern die wir hier erleben durften, waren alle für sich, super schön und werden für uns unvergessen bleiben. Aber auch an die vielen schönen Stunden, die wir hier an den Tressen schon mit Gästen und unseren Künstlern, nach deren Auftritten, verbracht hatte. Ja der Tressen hat schon so seinen Reiz und hat er einen in den Bann gezogen, ließ er einen viele Stunden nicht los. So war es oft schon morgens, wenn sich die Runde auflöste und wir hatten nur noch Zeit zum Duschen, um dann wieder Frühstück zu machen. Aber es waren und werden immer unvergessene Stunden bleiben. So kamen wir auch auf unsere liebe Omi zu sprechen. Sie war mir ihrer Tochter für mehrere Wochen bei uns und hat die ersten zwei Schlagerveranstaltungen mit gemacht. Die alte Dame war so süß und etwas schrill, aber so etwas von lieb. Ihr war es auch egal, was andere von ihr dachten, wenn sie mit Blumen im Haar, Leopardenkleid und Federboa über die Finca lief. Sie meinte „in meinem Alter (84 Jahre) trage ich und mache ich was ich will". Wir fanden diese Einstellung total klasse. Leider ist sie kurz nach diesem Urlaub verstorben, doch wir denken noch oft an sie und sind sehr dankbar, dass wir so einen tollen Menschen kennen lernen durften. Als Erinnerung an sie, hängt in unserem Restaurant ein Bild von ihr und Achim Petry, was hier bei uns gemacht wurde. Nun hatte man Zeit, einmal die Vergangenheit von ihren schönen Zeiten, sich ins Gedächtnis zu holen. Eigentlich sollte man es viel öfter tun und vielleicht tut man es nun auch, dann hätte diese Zeit auch was Gutes für sich.

Wir saßen noch eine ganze Weile an dem Tressen, aßen noch eine Kleinigkeit und gingen dann mit sehr vielen glücklichen Gedanken ins Bett.

Samstag 02.05.2020 Tag 49

Dieser Tag begann mit etwas, was ich mir nie vorstellen konnte, dass uns so etwas passiert und in dieser Zeit ein Thema war. Als ich nach dem Aufstehen ins Bad ging, sah ich das wir kein Klopapier mehr hatten. Oh nein, nun gab es bei uns auch eine Klopapier Geschichte. Ja was wurde über Klopapier nicht alles geschrieben und Witze gemacht und nun hatte ich keins im Haus. Dabei hatten wir im Landen so viel davon, kurz bevor die Ausgangssperre begann, hatten wir erst eine Lieferung bekommen und da wir ein kleines Hotel sind, bekommen wir nicht nur zehn Rollen. So zog ich mich erst mal an und holte Klopapier. Im normalen Leben wäre man wohl nie darauf gekommen, über Klopapier zu schreiben. So ändern sich die Zeiten.

Ab diesem Tag, durften nun alle für eine Stunde raus, was auch sehr ordnungsgemäß von der Regierung vorgegeben war. Ich wusste die Zeiten nicht wann wir spazieren gehen durften, da es uns auch egal war, wir hatten ja genug Auslauf. Doch man merkte es schon, immer wieder hörten wir Stimmen und sahen wie Menschen an unserer Finca vorbeiliefen. In die seit Wochen totale Ruhe, kam wieder Leben. Das war auch gut so und wurde auch Zeit. Viele Menschen waren schon an ihre Grenzen gekommen und auch einem selbst, machte langsam die Isolation zu schaffen. Nur mit dem Partner sprechen, manche Menschen hatten diesen nicht einmal oder zu telefonieren, ist nicht dasselbe, als einem Menschen gegenüber zu sitzen und mit ihm zu sprechen. Auch wurde es höchste Zeit, dass langsam wieder etwas Bewegung in die Wirtschaft kam. Es hatte schon viele Betriebe so hart getroffen, dass sie nie wieder aufmachen werden und viele, auch wir gehörten dazu, die noch nicht genau wussten, ob sie es schaffen. Doch wir setzten alle viel Hoffnung darauf, langsam wieder aufzumachen und in den kleinen Ramen zu arbeiten. Auch wir müsste erst einmal alleine da durch, den Mitarbeiter könnten wir gar nicht bezahlen. Außerdem müssten wir erst mal Schulden zurückzahlen. Eine neue Tastatur für meinen Rechner brauchte ich auch, da diese schon sehr alt war, ich jetzt viel schrieb, einige Tasten hackten und langsam die Buchstaben darauf verschwanden. Das E war schon gar nicht mehr zu erkennen. Aber eigentlich war nur eins wichtig, dass wir hier wieder auf die Füße kommen.

Seit Tagen waren wir nun ja auch dabei, wieder einen normalen Rhythmus für den Tag zu bekommen. Arbeitspläne und Konzept für die Zeit der Einschränkung waren auch schon fertig. So wollten wir mit einem Frühstücksangebot, drei verschiedene Varianten, Kaffee und Kuchen beginnen. Abendessen hat vor der Krise schon für Gäste Außerhaus nicht fusioniert, also brauchten wir es jetzt erst recht nicht probieren. Mir war schon klar, dass es nicht so viele Menschen sein, die zu uns kommen würden, viele unserer Gäste waren ja auch wieder in ihrer Heimat, Touristen gab es nicht, wir sind nun mal auf dem Berg und nicht mitten im Touristengebiet, aber es ist ein Anfang. Doch ich glaubte fest daran, dass einige Gäste kommen würden, denn wer sollte Joches leckeren selbst gebackenen Kuchen essen? Ich hatte doch schon so zugenommen, da Jochen immer dafür sorgte, dass es abends etwas zu essen gab. So regelmäßig und viel habe ich über Wochen schon seit Jahren nicht gegessen, da konnte ich doch nicht auch noch dann den Kuchen essen. Aber bevor ich ihn wegschmeiße, esse ich ihn doch lieber auf, auf das ich dann nur noch über die Finca rollen werde.

Mit viel Freude, Arbeitslust und wenig Ängsten ging wieder ein Tag dieses Hausarrestes zu ende.

Sonntag 03.05.2020   Tag 50

An diesem Tag war Muttertag in Spanien, ein Tag der hier sehr groß mit der Familie gefeiert wird. Die Mutter hat in Spanien ein sehr großes Ansehen, nicht so wie bei uns in Deutschland, wo man mal kurz seine Mutter anruft oder einen Blumenstrauß vorbeibringt. Hier kommt normalerweise die ganze Familie zu zusammen und man verbringt den Tag mit gutem Essen und Musik. Doch dieses Jahr durften dies Feiern nicht stattfinden, doch ich denke die Spanier haben es im kleinen Kreis schon gefeiert. Auch sollte dieses der letzte Sonntag für uns werden, wo keine Gäste bei uns waren. Wir setzten uns auf die Restaurantterrasse mit einem Glas Sekt, bei schönstem Sonnenschein und tranken auf bessere Zeiten. Die letzten drei Jahre waren schon sehr schlecht, seit Dezember wurde es nun besser und es sah für dieses Jahr richtig gut aus, wir dachten nun haben wir es geschafft, doch dann kam Corona. Unsere ganze Hoffnung lag nun bei uns, dass wir es wirtschaftlich schaffen und das wir so etwas nie wieder erleben würden.

Nun war auch klar, dass die kleinen Inseln der Kanaren ab morgen einen großen Teil ihrer Geschäfte, Restaurants und Hotel wieder aufmachen dürfen. Wir mussten noch eine Woche warten, aber das war nicht so schlimm, den nun kam es auf ein paar Tage auch nicht mehr drauf an. Doch die Auflagen waren schon viele, die wir einhalten mussten. Aber das wird schon zu machen sein, das einzige was mir ein bisschen Kopfzerbrechen machte, war mit der Altersbegrenzung. Gäste über fünfundsechzig Jahre durften nicht mit jüngeren Menschen unseren Betrieb zusammen besuchen. Wir hatten einige Gäste, wo ein Partner sechzig und der Andere achtundsechzig zum Beispiel ist. Mussten diese uns nun getrennt besuchen? Mussten die Gäste uns verlassen, wenn die Zeit kam, wo nun die älteren Gäste kommen durften? Ja es gab noch so einige Fragen zu lösen, aber es waren ja noch ein paar Tage bis dahin und vielleicht kam ja noch eine andere Reglung. Hier wurden ja schon so viele Bestimmungen innerhalb von Stunden geändert.

Auch setzte ich bei Facebook ein Bild von der Finca hinein mit den Worten „Wir freuen uns…….wenn wir uns ab dem 11.05.2020 wieder sehen" Ja ich wollte zeigen, es gibt uns noch und nahm mir vor, jetzt jeden Tag ein Bild mit ein paar Worten zu posten. Gerade jetzt war es wichtig, zu zeigen, dass man noch da war, wo bei so vielen Menschen in Unsicherheit waren und diese nicht wussten, wer noch überlebt hatte. Es dauerte auch nicht lange und die ersten schrieben kleine Nachrichten oder drückten einen Daumen hoch, ein Herzchen oder den neuen Baton ich umarme dich. War schön zu sehen, wie viele Menschen doch so beobachten ob es uns noch gibt und uns alles Gute wünschten. Aber auch befreundete Betriebe durften ab morgen wieder aufmachen und dazu gehörte auch Jochens Frisörin. Oh was war er froh und meinte „wenn nun die ersten Gäste kommen, sehe ich nicht mehr aus wie eine Klobürste ohne Still". Aber so schlimm sah er gar nicht aus und dank seines Haargels „Hard Cemento" konnte er sie gut an den Kopf kleben. Ich hatte solche Probleme nicht, da ich meine Haare jeden Tag zusammenknote. Das ist der Vorteil, wenn man etwas längere Haare hat. Ja diese kleinen Alltagssorgen, die eigentlich keine waren.

Am Abend saßen Jochen und ich noch eine Weile zusammen und sprachen mit Vorfreude, auf das was vor uns lag. So meinte ich auch, dass er doch bitte seine Frisörin mal fragen sollte, wo man günstig Desinfektionsmittel herbekommt. Er meinte „werde sie fragen, wo sie „Infektionsmittel" herbekommt". Mit diesem Versprecher hatte Jochen mal wieder die Lacher voll auf seiner Seite.

Montag 04.05.2020 Tag 51

Eigentlich war Gartenarbeit angesagt, doch der Regen machte uns einen Strich durch die Rechnung. Da wir aber noch genug anderes zu tun hatten, war es nicht schlimm und die Natur brauchte den regen schon sehr. So bekam auch unser Unkraut in den Blumenbetten und auf den Wegen noch etwas Wasser. Auf das wir noch mehr davon bekamen, musste ja nur bis Sonntag alles noch weg gemacht werden von uns. Doch Jochen ließ sich vom Regen gar nicht abhalten, weiter draußen zu bauen. Er stellte sich einen Pavillon auf und arbeitete darunter. Ich machte erst einmal das übliche im Büro. Endlich war die Mail vom Verlag da, doch ich musste noch einiges am Buch bearbeiten. Ganz klasse, wo ich so ein Genie am PC bin. Einiges bekam ich nach Stunden hin, doch bei manchen Dingen gab ich auf. So musste ich die nette Dame vom Verlag mal wieder anrufen. Dass die überhaupt noch ans Telefon ging, wenn sie meine Nummer sah, war schon erstaunlich, denn so viele Fragen wie ich immer hatte, war sonst nicht normal. Aber auch dieses Mal ließ sie sich nicht aus der Ruhe bringen und nahm mir sogar einige Sachen ab. Sie war für mich ein Engel, ohne sie ich es nie geschafft hätte, das Buch zu veröffentlichen. So machte ich die Dinge, die sie mir gesagt hatte und schickte ihr eine Mail. Doch das konnte nicht sein, keine meiner Mails an sie gingen raus. Am Boden zerstört und wieder das Telefon in der Hand. Ganz sicher war mir, nun würde sie sagen, dann können wir das Buch nicht veröffentlichen. Wie konnte man nur so doof sein. Doch wieder war sie super nett und gab mir eine andere Mail Adresse. Mit dieser Adresse ging auch meine Post an sie raus. Oh was war ich froh und kaputt als hätte ich zwölf Stunden nonstop in der Küche gearbeitet. Ja in Sachen Computer bin ich einfach eine Niete, man kann halt nicht alles können. Sogar noch eine Antwort von ihr kam und das wo sie schon lange Feierabend haben müsste. Morgen sollte es dann nun so weit sein, dass man das Veröffentlichen meines Buches bezahlen kann und es ab Mittwoch im Verkauf ist. Einfach über glücklich, denn ich hatte mir sehr viel Arbeit damit gemacht und Zeit investiert. Auch glaubte ich fest daran, dass es uns hier helfen würde. Dieser Glaube trieb mich auch jeden Tag neu an, an diesem zweiten Teil zu schreiben. Jochen bestärkte mich zu jeder Sekunde, weiter zu machen und überzeugte mich davon, dass ich auch noch einen dritten Teil schreiben sollte. „Die Zeit nach dem Hausarrest". Auch wenn das dann schon schwierig für mich wird, da wir dann ja wieder im Restaurant voll arbeiten werden und nicht die Ruhe die wir jetzt habe, haben werde, werde ich den dritten Teil schreiben. Dieses Buch wird ja am Sonntag, den Tag wo die ersten Gäste kommen, enden. Da sich auch schon die ersten Gäste angemeldet haben, ist auch ganz klar, Sonntag wird der letzte Tag in diesem Buch sein. Sonntag der erste Tag, nach siebenundfünfzig Tagen Hausarrest, wo wir wieder, zwar noch eingeschränkt, aber Freiheit und unsere Arbeit wiederhaben.

Wenn man so darüber nachdenke, ist die Zeit irgendwie doch sehr schnell gelaufen, aber immer noch nicht so wirklich zu begreifen. siebenundfünfzig Tage mussten wir unseren ganzen Betrieb schließen, haben keinen Cent verdient und haben auch keine Hilfe bekommen. Es ist kaum zu glauben, was alles in dieser Zeit geschehen ist und was uns noch so erwartet. Aber unsere Hoffnung und unseren Glauben an das kleine Finca San Juan Hotel haben wir und werden wir nie verlieren. Es ist wichtig im Leben, eine Aufgabe und ein Ziel zu haben, das man mit Liebe, Hingabe und Spaß verfolgt. Dieses kleine Landhotel ist ein Kindheitstraum von mir und deshalb ist mir hier auch keine Arbeit zu viel und diesen Traum, lebt der Mann an meiner Seite, mein Jochen, mit mir aus vollem Herzen. Was gibt es Schöneres, als zusammen einen Traum zu leben.

Ein sehr arbeitsreicher, aber mit sehr vielen Glückshormonen im Körper, endetet dieser Tag für uns.

Dienstag 05.05.2020 Tag 52

Wie schon vorausgesagt, war die Mail da um das Buch zu bezahlen. So fuhr ich zur Bank, dafür musste ich ganz in die Stadt fahren, da man bei uns im Dorf kein Bargeld am Automaten, dies Funktion hatten sie seit der Krise gesperrt, einzahlen konnte. Das war auch so ein Widerspruch unserer ganzen Vorgaben, wie wir uns verhalten sollten. Eigentlich nicht die Gemeinde verlassen, aber Einstellungen am Bankautomaten sperren. So wurde man gezwungen, die Vorgaben zu brechen. Doch auch hierbei, waren keine Kontrollen und so war es schnell erledigt. Nun lagen nur noch ein paar Stunden dazwischen, bis es endlich soweit war.

An diesem Tag, erzählte ich auch meinem Sohn, das mit dem Buch und war sehr überrascht und erfreut, dass er es total klasse fand. Aber das Hauptthema war natürlich meine Mutter, die meinem Sohn langsam das Leben schwer machte. Klar sie war genervt, dass sie nicht machen konnte was sie wollte, aber so ging es nun mal vielen Menschen. Doch mit vielen Gesprächen, konnten wir sie immer wieder für ein zwei Tage wieder beruhigen. Es sollte nun auch in Deutschland für die älteren Menschen wieder etwas lockerer werden und damit würde auch meine Mutter wieder etwas pflegeleichter sein.

Jochen fuhr nach über acht Wochen, das erste mal wieder in die Stadt, er hatte einen Termin beim Frisör. Doch nach seiner Rückkehr meinte er nur „bin froh wieder hier auf dem Berg zu sein". Mit Handschuhen und Gesichtsmaske musste er beim Frisör sitzen. Sowas ist für Jochen nun so gar nichts und wenn das immer so sein würde, würde er sich lieber die Haare langwachsen lassen und einen Zopf machen. Jochen mit Zopf, das würde ich ja gerne mal sehen, doch zu dieser Ehre komme ich bestimmt nie.

Nun war auch wieder genügend Zeit sich um andere Sachen mal wieder zu kümmern. So hatte Jochen mal wieder eine Aufgabe von mir bekommen, die ihm erst einmal zu denken gab. Doch das war er ja von mir gewohnt und bis jetzt hatte er immer alles hinbekommen. Durch die schön renovierten Bänke, die bei uns im Garten stehen, war bei mir die Idee von einem Sonnenbett entstanden und dieses sollte Jochen nun bauen. Das Bauen ist nicht so das Problem, nur wenn man alles zusammensuchen muss, weil man es nicht so einfach einkaufen kann, ist es schon eine Herausforderung. Doch wenn man seinen Keller, in dem man sonst immer nur alles reinstellt, durchsucht, findet man so einiges was noch gut zu gebrauchen ist. So hatte er auch bald alles zusammen, um mit dem Bau anzufangen. Nicht nur das Material ist so ein Problem, auch das Werkzeug musste durchhalten, weil mal neue Bohrer, Sägeblätter neu kaufen, war ja nicht. Er lief so einige Male bei uns das Grundstück, was ja nun mal durch den Berg keine graden großen Flächen hat, rauf und runter. Aber Bewegung tat uns beiden gut, mit dem Sport hat es ja nicht geklappt und wir hatten uns so einige Coronafunde zugelegt. Aber wir hatten die Hoffnung, dass wir nicht alleine mit diesem Problem dastanden, sodass es vielleicht nicht so auffiel. Frei nach dem Motto „nicht ICH habe Coronafunde, sondern WIR haben Coronafunde".

Auch wenn ich hier fleißig das Buch schrieb, wo ja die Tage einzeln stehen, bemerkten wir erst jetzt, dass der 11.05 ein Montag ist und kein Sonntag. So nun mussten erst einmal ein paar Gäste angerufen werden, die für Sonntag schon einen Tisch bestellt hatten. Aber auch denen war es nicht aufgefallen und sie buchten halt auf den Sonntag 17.05 um. Wie schön, nicht nur wir waren mit der Zeit völlig durcheinander, anderen Menschen erging es genauso. Es wurde nun wirklich langsam Zeit, dass wieder einigermaßen normale Zeiten wiederkamen. Da aber der endgültige Beschluss erst am Samstag rauskam, entschlossen wir uns erst am Donnerstag den 14.05 wieder auf zu machen. So hatten wir genügend Zeit um alle Anforderungen Genüge zu tun und dieses Buch wird doch noch einige Seiten länger, es werden dann 61 Tage sein, dass wir hier wieder Gäste empfangen können. Nun war es auch egal, ob einen Tag länger oder kürzer, Hauptsache wir können alles so umsetzen, dass wir keinen Ärger mit der Polizei bekommen, denn das würde mir jetzt noch fehlen.

Mittwoch 06.05.2020 Tag 53

Der Tag auf den ich mich so gefreut hatte, war da. Nun musste ich es nur noch unter die Leute bringen. So wurde es bei Facebook reingesetzt, Nachrichten und 418 Mails an unsere Gäste verschickt, die schon mal bei uns waren. Leider waren viele Adressen nicht mehr da, da vor eineinhalb Jahren mein Rechner abgestützt war und so viele verloren gegangen sind. Doch ich bekam auch sehr schnell sehr liebe Antworten zurück mit dem Vermerk „schon bestellt". Es war ein tolles Gefühl und ich war den ganzen Tag damit beschäftigt Werbung zu machen, jede Nachricht zu beantworten und bedankte mich bei vielen Menschen. Sollte sich diese Arbeit gelohnt haben, im Augenblick sah es so aus. Das Telefon klingelte auch den ganzen Tag, es war alles viel zu schön um wahr zu sein. Mein Sohn machte sich auch daran, das Buch zu verbreiten und so viele liebe Menschen taten dasselbe. Nun musste es nur noch gut verkauft werden, dann wäre die Zukunft für uns fast gesichert. Alles bezahlen können, unsere Mitarbeiter wieder zur Arbeit holen, das wäre so schön.

So löste ich jetzt auch mein Versprechen ein und postete auf Facebook, dass ich ein

Buch zugunsten an die Gruppe „wir helfen Teneriffa" von Mary Kortus, versteigere.

BITTE   MACHT   MIT
Ich versteigere ein Buch " Hausarrest, die ersten 30 Tage" zu Gunsten an WIR HELFEN TENERIFFA, die Gruppe von Mary Kortus . Bis Freitag 24 Uhr, könnt Ihr hier unter da Gebot abgeben. Das Geld wird direkt an die Gruppe überwiesen.

Vielen Dank für Eure Hilfe.

Melanie Gerhardt

Auch Mary postete einen sehr lieben Text dazu.
Mary y Amigos

Solidarität & Menschlichkeit
Ich bin gerade traurig gerührt und zeitgleich auch total begeistert♥
Melanie Gerhardt von dem
Landhotel Finca San Juan
auf Teneriffa, selbst von der Krise gebeutelt,

da innerhalb von Stunden der gesamte Hotelbetrieb erloschen ist, setzt einen ganz besonderen Akzent.
Sie und ihr Team bangen derzeit tagtäglich um ihre Existenz und um ihre Zukunft.
Trotz dieser eigenen Notsituation, möchte sie mit der Versteigerung ihres aktuellen Buches

Hausarrest -
die ersten 30 Tage

ihren Beitrag an unserer Aktion leisten, sie sagt, "mehr kann ich zur Zeit nicht geben, denn auch für uns zählt selbst jeder Euro".
Die Aktion läuft zu Zeit hier ...
https://www.facebook.com/hotel.fincasanjuanteneriffa/
Eine ganz tolle Geste 🖤😊 Unglaublich ✿
Danke liebe Melanie, sobald wir wieder dürfen und du auch öffnen kannst, sind wir und bestimmt weitere unter uns bei dir.

Versprochen 🖤

Übrigens: ... das Buch bestelle ich mir sofort und erwarte voller Spannung den Teil 2 (sie sagt, sie hätte auch etwas über mich geschrieben ... oh oh 🙈)
Danke 🖤 Danke 🖤 Danke 🖤

Nun war ich gespannt, was da so geboten wurde, hoffentlich viel.

Jochen baute fleißig an dem Sonnenbett und ich machte Fotos, da ich ja jeden Tag eines ins Netz stellen wollte und das sollten schon ganz neue sein. Man sollte schon sehen was wir hier die letzten Wochen so getrieben haben.

Mit gissen des Gartens, was ja nicht gerade in fünf Minuten gemacht ist, ging ein sehr ausgefühlter und glücklicher Tag zu ende.

Donnerstag 07.05.2020 Tag 54

Das Telefon klingelte an am laufendem Band, doch es waren alles nur Callcenter dran, die einem etwas verkaufen wollten oder meinten man müsste eine Rechnung bezahlen. War nur komisch, dass wir bei den Firmen nie etwas bestellt oder Verträge mit den hatten. Es waren viele Betrüger unterwegs, doch wer bezahlt etwas auf ein Konto, nur weil so ein Anruf kommt. Wir auf jeden Fall nicht. Doch es war echt lästig und so ging Jochen irgendwann ans Telefon, es waren ja immer die gleichen Nummern. Da ich im neben Zimmer war, konnte ich Jochen nicht sehen, nur hören. Ich fragte mich mit wem er da spricht, denn es hörte sich alles etwas komisch an und so ging ich zu ihm um zu fragen wen er da am Telefon hat. Doch bevor ich fragen konnte, klingelte das Telefon wieder und Jochen meldete sich mit „Otto Schetz" und erzählte mit Mainer Dialekt nur dummes Zeug, bis die Gegenseite auflegte. Das ging noch so zwei drei Mal und dann war ruhe. So kann man solche Menschen auch los werden.

So fing der Tag mit einem lachen im Gesicht an und es sollte auch so weiter gehen. Mein Buch war nun auch bei Amazon und weiteren Online Portalen um es kaufen zu können. Bei Amazon Bestseller Rang/ Historische Biografien & Erinnerungen landete ich von 0 auf Platz 78. Oh was war ich glücklich, auch wenn sich die Zahlen Stündlich ändern, aber als absoluter Neuling unter die ersten 100 zu kommen, war schon ein Traum. Wenn man sich mal überlegt, wie viele Bücher es gibt und jeden Tag neu dazu kommen, war das schon ein kleines Wunder. Davon total angespornt, machte ich weiter Werbung für das Buch.

Jochen baute fleißig an dem Sonnenbett weiter und wir suchten gemeinsam den schönsten Platz dafür. Man sollte darauf in ruhe liegen können und auf das Meer sehen. Schnell hatten wir einen Platz dafür, etwas abseits vom Pool, neben ein paar Obstbäumen. Wir konnten uns schon sehr gut vorstellen, wie es aussieht, wenn es fertig ist. Mit ein paar Kissen und den Vorhängen an den Pfosten. Es war wieder so ein Stück mehr was wir geschaffen hatten, um dieses kleine Hotel zu etwas ganz Besonderem zu machen. Einen Ort, an dem man mal von allem Stress des Alltags abspannen kann.

Ich machte mich des Weiteren mit den neuen Hygienevorschriften vertraut und dem dazu gehörigem Papierkram. Wenn jemand meint in Deutschland gibt es viel Bürokratie, dann sollte er mal hier nach Teneriffa kommen. Hier musste alles dreimal so viel Dokumentiert werden, egal ob es Sinn macht oder nicht. Aber ich wollte, dass alles richtig und genau ist. Konnte mich noch sehr gut an meine erste Lebensmittelkontrolle hier erinnern, sie hat acht Stunden gedauert. Nicht das mein Laden nicht sauber und ordentlich war, nein es war halt alles nicht so Dokumentiert wie sie es wollten. Mittlerweile dauert so eine Kontrolle nur noch eine Stunde bei uns, aber nun weiß ich ja auch, wie die Herren es haben wollen. Es ist aber schon ein Wahnsinn, was hier jeden Tag an Listen geschrieben werden müssen, bevor man überhaupt die Tür aufmachen kann, dafür braucht man bald eine Sekretärin und nun kommen noch ein paar Listen dazu. Doch auf ärger mit den Behören, man zieht ja sowieso den Kürzeren, habe ich überhaupt keine Lust. Ist eh schon alles schwer genug. Wie ich so in meinen Vorschriften vertieft am Schreibtisch saß, stand Jochen mit zwei Gläsern Sekt in der Tür. Er schaute mich an und fragte, ob ich mal kurz Zeit hätte. Klar hatte ich Zeit und folgte ihm in den Garten. Da stand das Sonnenbett, mit Matratze und Kissen, nur die Vorhänge fehlten. Ich schaute Ihn an und fragte wo er die Matratze herhat, weil die Wetterfeste Matratze müssen wir erst bestellen. Er grinste über das ganze Gesicht und meinte, habe ich aus einem Hotelzimmer geholt und sie passt genau rein, ich bringe sie nachher auch wieder ins Zimmer. Mit strahlenden Augen, den zwei Gläsern

Sekt in der Hand, stand er da und sagte „so nun weihen wir das Bett ein"

Mit diesen Worten, überlasse ich jedem Leser, seiner Fantasie freien lauf zu lassen, wie dieser Abend für uns geendet hat.

Freitag 08.05.2020 Tag 55

Auch wenn der Tag immer näherkam, das wir wieder unseren Betrieb öffnen dürfen, wieder langsam das normale Leben zurückkehrt, spielte mir mein Inneres sehr viele negative und traurige Gedanken ein. Seit einigen Nächten war ich nach zwei drei Stunden wieder wach, Schweiß gebadet und voller Angst. Vom Bett aus Sofa, vom Sofa auf die Terrasse und zurück, doch die Gedanken blieben und so war auch nichts mit wieder einschlafen. Jeder Versuch diese Gedanken aus meinem Kopf zu bekommen, schlug fehl. Immer und immer wieder sagte ich mir, wir haben es bis hier geschafft, dann schaffen wir auch den Rest, doch ich hatte nicht die Kraft an eine positive Zukunft, hier auf der Finca, zu glauben. Um so öfter diese Nächte waren, um so mehr dachte ich an das Aufgeben. Jeden Tag versuchte ich immer nur das Schöne zu sehen und auch Jochen nicht zu zeigen, dass ich eigentlich am Ende war, was bis jetzt auch ganz gut geklappt hat, aber es wurde immer schwerer für mich. Mir gingen viel die letzten fünfeinhalb Jahre hier auf der Finca durch den Kopf, was hatte man hier schon alles durchgemacht und es immer wieder geschafft. Alleine diese Zeit, würde schon ein Buch füllen. Wie viele Stunden, Arbeit und auch Tränen gab es in dieser Zeit, doch aufgeben war nie ein Thema für mich. Nun holte mich aber immer wieder der Gedanke ein, aufzugeben. Doch wie sollte ich es Jochen erklären, gerade er hat jede Sekunde zu mir gehalten und alles dafür getan, dass wir immer noch hier sind. Wie sollte ich es den Menschen sagen, die so fest an uns glaubten und uns so unterstützt hatten. Auch hatten wir gerade die letzten Tage und Wochen so zusammengehalten und jeden negativen Gedanken oder Angriff besiegt. Jede Arbeit, egal ob man Lust dazu hatte oder sie nicht so gut konnte, jedes Essen, egal ob es einen so gut schmeckt, egal was es war, wir haben es gemeinsam immer bewältigt. Außerdem was sollte nach der Finca kommen? Wo sollten wir denn hin? Tausende von diesen Gedanken rasten durch meinen Kopf, doch ich wusste keine Antworten darauf. So entschloss ich erst einmal nichts zu sagen, doch Jochen merkte schon, das mit mir etwas nicht in Ordnung war. Doch es gelang mir ihn davon zu überzeugen, dass alles Gut sei, aber so richtig glaubte er nicht dran, das merkte ich schon. Vielleicht spürte er auch, dass ich keine Kraft mehr hatte und um so mehr versuchte er mich mit kleinen Witzen, wieder aufzumuntern. Was ist die Lieblingsspeise von einem Frosch? Quark!

Das waren die Momente, wo ich nur denken musste, nein Aufgeben geht gar nicht, dafür haben wir und gerade Jochen, zu viel gekämpft.

So verlief dieser Tag wieder mit den täglichen Arbeiten und den Vorbereitungen für die Gäste. Der abendliche Gang um die Finca, Wasser abdrehen, der Hoffnung das alles wieder gut wird, bald wieder viele Gäste hier sind und auch unsere Mitarbeiter.

Vielleicht würden diese Nacht die bösen Träume nicht kommen und von Schönen abgelöst werden.

Samstag 09.05.2020 Tag 56

Leider war die Nacht wie die letzten, doch die Sonne schien und das gemeinsame Frühstück, ließen mich etwas fröhlicher in den Tag schauen. Heute sollten nun ja auch die endgültigen Beschlüsse für die Wiederaufnahme für Restaurants und so viele andere Bereiche veröffentlich werden. Da man nun schon aus der Vergangenheit wusste, dass die Regierung noch kurz vorher etwas ändert, war man schon gespannt, was nun rauskam. Es stellte sich aber raus, dass doch alles so blieb, wie es schon seit Tagen bekannt war.

Meine Buchversteigerung war nun auch zu ende und hatte 100 Euro gebracht. Darüber freute ich mich sehr, denn es war ja für einen guten Zweck und dass ich keine Autorin bin, fand ich das eine ganz schön große Summe.

Einige Gäste riefen an und fragten ob wir auch schon Montag aufhätten. Diesen erklärten wir, dass wir erst am Donnerstag wieder öffnen würden. Am Montag machten sehr viele Restaurants und Bar/ Cafeteria wieder auf und die Menschen würden natürlich zuerst zu diesen in ihrer Nähe gehen, als ganz zu uns auf den Berg fahren. Das fanden wir auch ganz normal und wir hatten so auch noch etwas Zeit um alle Auflagen zu erfüllen. Zu allem Überfluss war vor ein paar Tagen ein Erdrutsch auf der Schnellstraße gewesen und so die Straße gesperrt. Nun musste man einen rissen Umweg über die Berge machen, um zu uns zu kommen. Anstatt zwanzig Minuten von der Stadt zu uns zu fahren, brauchte man nun fast eine Stunde. Man sagte uns, es würde eine Woche dauern, bis die Straße wieder frei sei, mal sehen ob das klappt, glauben taten wir es nicht. Warum sollte nun alles wieder einigermaßen gut laufen? Wäre ja auch zu schön gewesen, doch wir hofften, dass bis Donnerstag die Straße wieder frei ist. Abwarten, Glauben und Hoffen war in den letzten Wochen ja zu unserer täglichen Aufgabe geworden.

Wir fingen an die Terrasse abzubauen, da diese am Montag abgespritzt werden sollte, sowie alle alten und nicht mehr schönen Blumen zu entsorgen. Es sollten neue gepflanzt werden, damit es wieder richtig schön aussieht. Durch unsere Pflege, waren es nicht so viele und das war gut so, da wir nur eine kleine Summe noch hatten, um unseren Laden wieder anlaufen zu lassen. Es musste ja so einiges noch eingekauft und bestellt wer-

den. Einen Tag vor dem Anfang des Hausarrestes hatten wir ja noch eine Musikveranstaltung und da sind so einige Getränke weg
gegangen, die nun dringend wieder aufge-
füllt werden mussten. Wir wollten auch nicht
mit Kompromissen wieder öffnen und so
mussten wir Kisten weise den Wein kaufen.
Leider gibt es ihn nicht einzeln in Flaschen,
aber er ist halt sehr gut und nicht im Laden
erhältlich. So schauten wir sehr genau hin,
was wir brauchten und auf was wir noch ver-
zichten konnten, doch unseren Standard
wollten wir auf jeden Fall halten. Das war
auch schon immer meine Devise gewesen,
nicht erst gut anfangen und dann von der
Qualität nachlassen. Dieses hatte ich in den
drei Jahrzehnten, in den ich nun Gastronomie mache, zu oft erlebt und gesehen in anderen Betrieben und es ging immer daneben.
Aber es ist ein großes Risiko, den man weiß
nicht, wie viele Menschen kommen überhaupt und was verzehren sie. Deshalb mach-

ten wir eine kleine Karte, denn unser geliebtes Frühstücksbüfett durften wir noch nicht machen. Aber wenn alles gut läuft und es nicht wieder mehr Kranke gibt, können wir ab 31.05 wieder damit beginnen. Das würde uns sehr helfen, da schon einige Spanier angerufen haben und nach dem Branch gefragt haben. Gerade die Einheimischen sind im Sommer sehr wichtig für uns und sind in den letzten Jahren immer mehr geworden. Wenn dann noch im Juni die Grenzen wieder auf gemacht werden würden, könnte man mit etwas Glück, es schaffen diese Krise in ein bis zwei Jahren hinter sich zu bringen. Doch sollte es so viel Glück geben? In der jetzigen Zeit, glaubte ich an so ein Glück, für uns nicht mehr, doch ein kleiner Funken Hoffnung blieb auch in mir.

Mit dem Kampf mit mir selbst, nicht aufzugeben und viel Ablenkung durch Arbeit, ging dieser Tag zu ende. Wir beschlossen, für morgen den Wecker nicht zu stellen und noch einmal auszuschlafen. Es sollte ja der letzte Sonntag, für lange Zeit sein, wo wir noch mal länger schlafen können und gemeinsam Frühstücken.

Sonntag 10.05.2020 Tag 57

Nun war er wirklich da, der letzte Tag des Hausarrestes, des allein sein und der Fragen, wann wir wieder unsere Freiheit näherkommen. Der Sonntag ohne Gäste, das kleine Hotel Finca San Juan ohne Leben. Für nächsten Sonntag hatten sich schon einige Gäste angemeldet, auch für den ersten Tag am Donnerstag, waren schon Anmeldungen in unserem Reservierungsbuch. Die Zeit wo in diesem Buch nur leere Seiten waren, sollte nun vorbei sein. Der Anfang war damit nun endgültig eingeläutet. Somit nahm auch die Zeit des Wartens ein Ende. Nun musste doch auch in mir wieder die Kraft zum Weitermachen kommen und die traurigen Träume verschwinden. Doch so leicht war es leider nicht. Zu tief war die Enttäuschung, dass wir hier so vom Staat allein gelassen wurden und nicht mal die Bank, trotz enormer Sicherheit, bereit war uns zu helfen. Dazu kam, dass nicht mal unsere Mitarbeiter bis zum heutigen Tag etwas bekommen haben und immer noch auf ihre Hilfen warten. Mir wurde klar, dass es noch lange dauern würde, bis auch in meinem Inneren wieder die Sonne scheinen würde und ich mit voller Kraft in die Zukunft schauen würde, doch noch war ich nicht ganz an dem Punkt angekommen, aufzugeben.

So tanke ich an diesem Tag noch etwas Sonne und Jochen munterte mich mit so einigen lustigen Geschichten aus seiner Kindheit auf. Woher er in den letzten Tagen die Kraft genommen hatte, mich immer wieder zum Lachen zu bringen, war mir ein Rätsel. Doch seit wir zusammen sind, war es schon immer so, wenn einer am Boden war, auch wenn man nicht genau wusste warum, war der andere stark und baute den anderen auf. Wohl nur so, hatten wir hier so viel in den letzten vier Jahren, durchgestanden und erreicht.

Mit einem Glas Wein und einem schönen Sonnenuntergang, ging der letzte Tag des Hausarrestes zu ende. Die Freiheit und das normale Leben waren fast zum Greifen nah, denn nun sollte es nur noch nach vorne gehen, zwar in eine etwas andere Zukunft, aber vielleicht auch in eine bessere, weil man viele Dinge mehr schätzen würde, als man es vor der Krise getan hat.

Montag 11.05.2020 Tag 1 der neuen Freiheit

Um acht klingelte der Wecker, war immer noch komisch ihn zu hören, auch wenn wir ihn nun schon seit zwei Wochen jeden Tag gestellt hatten. Das Frühstück war auch nicht mehr so lang und gemütlich, ehre nur zur Nahrungsaufnahme. Danach ging es sofort an die Arbeit. Mit Hochdruckreiniger und Desinfektionsmittel bewaffnet, nahm ich mir die Terrasse und die Gartenmöbel vor. Alles musste mit Wasser und Desinfektionsmittel gereinigt werden. Da unsere Terrasse nun

nicht gerade klein ist und bis zu 100 Sitz-
plätze hat, brauchte ich auch fast acht Stunden dafür. Die Sonne brannte an diesem Tag
vom Himmel, so dass es nicht nur sehr heiß
war, auch der Geruch vom Desinfektionsmittel war sehr extrem. Unsere Terrasse roch
mehr nach Krankenhaus, als nach frischer
Gartenluft. Aber es war nun mal die Auflage
und so befolgten wir sie. Selbst unseren beiden Katzen, war es zu viel und so sahen wir
sie erst am späten Abend wieder. Etwas sehr
komisch riechend, schwitzen und Desinfektionsmittel, machen schon so eine ganz neue
Duftnote aus. Nun konnte ich ja auch noch
Parfüm neu erfinden, glaube aber das würde
niemand kaufen. Rot wie ein Indianer, war
am Abend aber alles fertig. Jochen war den
ganzen Tag damit beschäftigt, in den Blu-
menbeeten rum zu kriechen, um das ganze
Unkraut zu entfernen und die Gehwege zu
säubern. Sowie wurden die Blumenkästen
vorbereitet, für die neuen Blumen, die wir
morgen vom Gärtner abholen wollten. Auch

er sah abends etwas wie ein Indianer aus und die Dusche war bei ihm genauso nötig wie bei mir. Doch wir hatten unseren Tagesplan erfühlt und lagen so gut im Rennen, das Donnerstag alles wieder schön ist. So nun hatten wir endlich unsere Körperliche Bewegung, die wir schon seit Wochen in Form von Sport machen wollten. Man merkte schon, dass man keine zwanzig mehr war, aber auch, dass wir zum Rentnerdasein noch nicht geeignet sind. Noch brauchten wir unsere Arbeit, um glücklich zu sein. Das Ende vom Lied war, das uns alles weh tat und wir am Abend mehr über die Finca schlichen als gingen. Doch es war schön, denn irgendwie hatte man das Gefühl, das das Leben doch einen Sinn hat.

Wir beschlossen noch, am nächsten Tag zusammen zum Einkaufen zu fahren, da die Straße immer noch gesperrt war und wir so über den Berg fahren mussten, war schon klar, dass wir einige Zeit länger als normal brauchen würden. Nun durften wir ja wieder zusammen und nebeneinander im Auto sitzen und nicht wie die Wochen zuvor, einer hinten auf der Rückbank. Es sollte nach elf Wochen das erste Mal sein, das wir wieder zusammen irgendwo hinfahren. Aber man durfte nun auch wieder zu zweit einkaufen, in vielen Geschäften und von daher freuten wir uns, nun mal wieder etwas zusammen in der Stadt zu sein.

Dienstag 12.05.2020 Tag 2 der neuen Freiheit

Wieder nervte um acht der Wecker, aber das tut er für mich schon ein Leben lang, egal um welche Uhrzeit er klingelt. Aufstehen aus dem kuschligen warmen Bett, war und wird nie mein Ding werden. Aber danach fragt keiner, also raus aus dem Bett, schnell etwas essen und ab in die Klamotten. Doch das anziehen war gar nicht so einfach, denn wir hatten beide fürchterlichen Muskelkater vom gestrigen Tag, aber daran hatten wir ja selber schuld. Hätten wir die letzten Wochen Sport gemacht, wäre es jetzt wohl nicht so schlimm. Also Augen zu und durch. Da es in die Stadt ging, zog man sich auch mal wieder nach Wochen etwas Nettes an. Seit Ewigkeiten hatte man ja nicht so sehr darauf geachtet, hier war es so einsam, dass es auch keinem aufgefallen wäre, was man anhatte oder nicht. Ausgehfertig ging es nun in die Stadt. Für den Weg brauchten wir sonst zwanzig Minuten, nun fuhren wir fünfzig, bis wir am ersten Laden angekommen waren. Es war schon eine ganz schöne Fahrerei über den Berg und immer wieder stand man im Stau, weil die Kurven so eng sind und die Busse und Laster sich dadurch quälten. Es blieb ihnen ja nicht anderes übrich. So zog sich der Einkauf über Stunden hin, weil auch wir immer mal wieder in einer Schlange vor einem Geschäft standen, oder wir mussten noch Zettel ausfühlen, damit einer von uns überhaupt in das Geschäft durfte. Manche Geschäfte waren nur für Selbständige geöffnet, doch das wussten viel nicht und so standen auch nicht Selbständige in der Schlange vor dem Laden. Bis die dann erst einmal begriffen hatten, dass sie leider noch nicht reindurften, verging so einige Zeit, bis man selber an der Reihe war. Doch wir ließen uns nicht aus der Ruhe bringen, warteten bis wir dran waren und setzten uns nach einer Weile in ein Straßencafé, um etwas zu trinken und zu essen. Oh wie war das schön, mal wieder Menschen zu beobachten und unter ihnen zu sein. Nach einer Weile kamen noch Gäste von uns zufällig vorbei, sie setzten sich noch zu uns und wir sprachen eine ganze Weile mit einander. Ja das war es, was man so vermisst hatte, mal mit anderen zusammen zu sitzen und reden. Eigentlich hatten wir gar keine Zeit dafür, da wir noch die neu gekauften Blumen einpflanzen wollten und der schöne Strelitzienstraus, den ich von unserem Gärtner geschenkt bekommen hatte, ins Wasser musste. Doch irgendwie war es uns egal. Wir genossen jede Minute und kamen erst spät am Abend nach Hause.

Wir luden noch das Auto aus, die Blumen hatten es auch gut überlebt, fütterten die Hunde und Katzen noch, machten unseren Abendlichen Spaziergang zum Wasser abdrehen über die Finca und beendeten den Tag. Der Wecker wurde auf sieben Uhr gestellt, nun quakte er morgen auch noch eine Stunde früher, aber wir mussten die verbummelte Zeit von diesem Tag wieder reinholen. Doch es war ein erfolgreicher Tag, wir hatten alles bekommen, schöne Stunden gehabt und hatten sogar noch Geld übrig, von dem was wir für den Einkauf einkalkuliert hatten.

Mittwoch 13.05.2020 Tag 3 der neuen Freiheit

Wieder holte mich der blöde Wecker aus meinen Träumen, denn ich hatte die letzte Nacht mal wieder gut geschlafen, doch es half alles nichts und so waren wir schon sehr früh auf den Beinen. Frühstücken mochten wir aber um diese Zeit noch nicht, so gab es nur einen Kaffee. Nun stellten wir mit einem

Zollstock bewaffnet die Tische und Stühle auf der Terrasse. Zwei Meter mussten sie immer auseinander stehen. Wie wir damit fertig waren, standen die Tische sogar noch weiter auseinander, so konnte man schon von weiten sehen, das man hier nicht nachmessen musste. Wie wir die letzten Tage von Anderen erfahren hatten, waren die Kontrollen schon sehr viel und streng. Da ich auf ärger keine Lust hatte, waren wir mit unserer Terrasse so gut beraten. Nun desinfizierten wir das ganze Restaurant mit den Toiletten. Trotz, dass wir alle Türen geöffnet hatten, und das sind durch den Wintergarten recht viele, konnte man manchmal keine Luft im Restaurant holen und musste erst einmal für einige Zeit raus, so stark und beizend war der Geruch von den Putzmitteln und dem Desinfizieren. Wir füllten mehrere Fläschchen mit Desinfektions Gel für die Toiletten, Küche, Tressen und die Küche, damit man jeder Zeit sich die Hände desinfizieren konnte. Auch gab es noch Flaschen mit Desinfektionsmittel was nur für die Reinigung der Tische war. Nach dem alles geputzt war und alle Flaschen verteilt, meinte ich nur noch „bei uns kannst man sich alles holen, aber Keime und Bakterien nicht". So nun kam das absperren von Teilen unseres Restaurants und der Markierung von Ein und Ausgang. Da man eine Maske tragen muss, wenn man in einem Lokal die Toilette besuchen möchte, weil es nur einen Eingang, der auch gleichzeitig der Ausgang ist, wollten wir einen separaten Eingang und einen separaten Ausgang machen. So brauchten unsere Gäste keine Maske tragen, wenn sie mal auf die Toilette musste. Dieses war uns möglich, da wir so viele Schiebetüren im Wintergarten hatten. Doch es musste für den Gast genau ersichtlich sein, wo der Eingang und wo der Ausgang sind. Dieses musste in drei Sprachen gekennzeichnet sein. So spanten wir rot weißes Absperrband durch unser schönes Restaurant, wodurch man nur noch im Kreis durchs Lokal lief. Nachdem alles abgesperrt, alle Zettel aufgehängt waren, unser Restaurant mehr nach einer Baustelle aussah, als einem gemütlichen Ort zum Essen und Trinken, machten ich mich dran die Blumen einzupflanzen.

Jochen fing schon mal in der Küche an. Es musste noch Kuchen gebacken werden, Salate zubereitet und so einiges mehr, damit wir am nächsten Tag alles dahatten. Außerdem sollte alles wie immer, ganz frisch sein. Auch unser so berühmtes Roastbeef wurde frisch zubereitet. Einige Kühlschränke wurden wieder in Betrieb genommen und so eingeräumt, wie sie immer waren. Aber da es nicht alle waren und uns auch klar war, dass wir die nächsten Wochen nicht so wirklich Geld verdienen würden, war dieses schon ein Kompromiss. Doch wir mussten sparen wo wir konnten und Strom ist nun mal teuer. Wir werden dann die ersten Tage, immer wieder auf der Suche nach irgendetwas sein. Aber es konnte ja nur in einen der neun Schränke sich verstecken. Noch bis spät abends bereiteten wir alles vor und gingen immer wieder alles durch, damit wir nicht vergessen hatten.

Mit freudigen aber auch nachdenklichen Gedanken, gingen wir ins Bett.

Donnerstag 14.05.2020 der Tag der ersten Gäste, Tag 4 der neuen Freiheit

Schon vor dem Wecker klingeln war ich wach und machte mich fertig um in den Laden zu gehen. Dort trank ich dann ganz allein einen Kaffee und mir liefen die Tränen über das Gesicht. Bis hier hatten wir es tatsächlich geschafft, doch die Zeit die nun vor uns lag, würde noch so vieles mit sich bringen. Würden wir es wirklich schaffen, dass wir ohne große Sorgen hier wieder arbeiten würden, mit unseren Mitarbeitern? Wie so vielen kleinen Betrieben, konnte noch keiner sagen, ob man in zwei drei Monaten noch existiert. Waren der Kampf der letzten Wochen und die noch kamen doch um sonst gewesen? Die letzten Tage hatten mich gut aus meinem schwarzen seelischen Loch geholt, doch ich merkte, dass ich immer noch am Rand stand und jeder Zeit, sehr schnell wieder hineinfallen könnte. Mit meinem Kaffee in der Hand und versunken in meinen Gedanken, kam die Sonne raus und schien mir ins Gesicht, als wollte sie sagen „Schluss jetzt mit dem traurig sein". So machte ich mich daran, die Tische schön einzudecken, die ersten Gäste hatten sich um Elf zum Frühstück angesagt. Stuhlkissen wurden rausgeholt, Sonnenschirme aufgespannt und die Tische mit frischen Blumen dekoriert. Ja unsere Terrasse sah nun endlich mal wieder so aus, wie wir sie zum Brunchen kennen. Noch mal wurde alles kontrolliert, Kaffee gekocht und Musik im Restaurant angemacht. Wir legten unsere Gesichtsmasken und Plastikhandschuhe bereit, diese mussten wir ja nun leider tragen, weil wir den Mindestabstand zum Gast, beim Servieren, nicht einhalten konnten und warteten auf die ersten Gäste. Pünktlich kamen sie auch bei uns an und das wo sie ganz über den Berg fahren mussten, da die Straße immer noch gesperrt war. Irgendwie machte mein Herz einen kleinen Sprung, so schön war es, dass wieder Menschen von unserem Parkplatz zu uns zum Restaurant kamen. Auch wenn man sich nicht wie früher in den Arm nehmen konnte, wir alle waren super glücklich. Wir sprachen erst mal eine kleine Weile mit einander, bevor die Beiden ihre Bestellung aufgaben. Sie erzählten von den ersten Tagen, wo so einige Geschäfte wieder offen hatten, leider mussten die Beiden noch einige Wochen warten, bis sie wieder arbeiten dürfen, doch sie waren gut drauf und meinten" weißt du wie gut noch Wochen ein frisch gezapftes Bier schmeckt". Ja was man sonst gar nicht mehr so als was Besonderes gesehen hat, war nun schon ein kleiner Traum. Was wir schon vermutet hatten, traf auch ein, Jochen und ich suchten uns tot, bis wir alles für das Frühstück zusammen hatten, doch als die Brötchen frisch aufgebacken waren, hatten wir alles andere auch fertig. Unsere Gäste genossen es verwöhnt zu werden und wir sie zu verwöhnen. Am Nachmittag kamen noch so einige ganz liebe Gäste, die uns nach der langen Zeit unbedingt wiedersehen wollten und es waren einige von ihnen, die wir auch als letztes gesehen haben, bevor der Hausarrest anfing. Am 14.03.2020 hatten wir noch die Musikveranstaltung mit Achim Petry und Michele Joy, wo diese Gäste mit dabei waren. Es war damals eine total schöne Veranstaltung, doch keiner konnte sich vorstellen, was in den Wochen danach auf uns zukommen würde. Um so größer war nun die Freude, dass wir alle gesund waren und nun wieder zusammensitzen durften. Alle strahlten über das ganze Gesicht und waren nur glücklich. Einige Stunden verbrachten wir so und jeder hatte natürlich auch seine Korona-Geschichte. Ein Gast hatte genau das gleiche Problem wie Jochen, der fehlende Frisörtermin, so entschloss er sich, wenn die Haare auf dem Kopf nicht geschnitten werden können, wird der Bart auch nicht geschnitten. Er sah schon sehr verändert aus, doch wir mussten schon darüber lachen. Nachdem alle gegangen waren, ich einen Marathonlauf, durch die Absperrungen im Restaurant waren nun alle Wege für mich viel länger, räumten wir alles noch auf der Terrasse auf, wuschen das Geschirr und säuberten die Küche.

Nun war er zu Ende, der Tag auf den wir so lange gewartet hatten. Auch wenn er wirtschaftlich nur ein wenig gebracht hatte, aber es war nach fast neun Wochen das erste Geld, was wir wieder eingenommen hatten. Das war ein super schönes Gefühl.

Mit diesem schönen Gefühl endet nicht nur dieser Tag, sondern auch dieses Buch und der letzte und dritte Teil beginnt.

Ich sage von ganzem Herzen DANKE und hoffe auch dieses Buch hat Euch gefallen.

Eure Melanie Gerhardt